롯코산 지형도

로프웨이 발착소

롯코산 호텔

가르벤 연못

가오루네 별장

호리병 연못

가즈히코네 오두막 별장

미쿠니 연못

로프웨이 폐역

우체국

케이블카 역

롯코의 여왕 찻집

케이블카 역

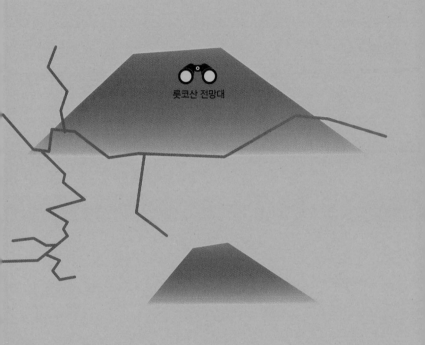

롯코산 전망대

흑백합

Original Japanese title: KUROYURI

Author: Toshiyuki Tajima

Copyright © 2008 Tomoko Kawai

Original Japanese edition published by Tokyo Sogensha Co., Ltd.

Korean translation rights arranged with Tokyo Sogensha Co., Ltd.

through The English Agency (Japan) Ltd. and Danny Hong Agency

흑백합

다지마 도시유키 장편소설

김영주 옮김

일러두기

- 본문에 나오는 괄호 안의 설명은 모두 옮긴이 주입니다.
- 원서에서 저자가 사용한 일본 오사카 지역의 사투리를 우리나라의 특정 지역 사투리로 옮기는 대신 표준어로 번역했습니다.

차례

Ⅰ. 롯코산 1952년 여름〔1〕· 7

Ⅱ. 아이다 마치코 1935년 · 39

Ⅲ. 롯코산 1952년 여름〔2〕· 87

Ⅳ. 구라사와 히토미 1940년~1945년 · 131

Ⅴ. 롯코산 1952년 여름〔3〕· 155

Ⅵ. ······ 1952년 · 255

Ⅶ. 롯코산 1952년 여름〔4〕· 259

옮긴이의 말 · 286

Ⅰ

롯코산
1952년 여름〔1〕

1

가오루는 롯코산의 호리병 연못가에서 처음 만났다. 당시 그 애는 열네 살로 나와 가즈히코와 동갑이었다.

성격이 좋은지 나쁜지 가늠하기 어려운 아이였다. 얼굴도 약간 귀엽게 생긴 정도지 눈길을 잡아끌 만큼 특별하지는 않았다. 하지만 웃을 때 묘하게 매력적인 입매가 우리의 마음을 사로잡았다.

나와 가즈히코 둘 다 가오루를 단번에 좋아하게 되었다. 두 사람이 동시에 고꾸라졌다가 함께 데구루루 굴러 떨어진 것 같은, 그런 첫사랑이었다.

1952년 여름방학 때 있었던 일로, 오래전 추억이다.

호리병 연못은 이름 그대로 호리병 모양의 연못이었다. 한가운데에 작은 육지가 섬처럼 떠 있고, 넓은 수면을 갈라진 홈이 있는 타원형 수초 잎이 고즈넉이 뒤덮고 있었다. 황록색 꽃봉오리도 마치 촛불처럼 여기저기에서 고개를 삐쭉삐쭉 내밀고 있었다.

"무슨 꽃이지?"

내가 혼잣말하듯 물었다.

"수련이잖아."

가즈히코가 너무 많이 봐서 질렸다는 어조로 대꾸하고는 이어 말했다.

"매일 오후가 되면 하얀 꽃이 한꺼번에 피어."

연못 주변으로 작고 귀여운 야생화가 다양하게 피었고, 우리 주위로는 밀잠자리가 같이 놀자는 듯 맴돌며 날아다녔다.

"연못 건너편은 골프장이야. 일본에서 제일 오래된 골프장이래. 그런데 말야, 가만히 있는 공을 치는 게 뭐가 재밌다는 건지 모르겠어. 난 야구가 좋더라."

훗날 가즈히코는 골프를 최고의 취미로 삼게 되지만, 그때만 해도 이렇게 말하며 발밑에서 조약돌을 줍더니 팔을 크게 휘둘러 연못으로 내던졌다. 돌이 멀리 있는 수련 잎사귀를 때리자 그 파문으로 옆에서 고개를 내밀고 있는 꽃봉오리가 느리게 흔들렸다.

가즈히코가 조약돌을 하나 더 줍고는 내게 건네며 말했다.

"저 꽃봉오리를 먼저 맞히는 사람이 이기는 거다."

"좋았어!"

나는 가즈히코에게 지고 싶지 않아서 침착하게 조준하고 돌을 던졌다. 그러나 표적이 너무 작은 탓에 돌멩이가 꽃봉오리를 살짝 비껴가 잎사귀들 사이로 첨벙 소리를 내며 떨어졌다. 이어서 가즈히코가 던진 돌도 꽃봉오리를 빗나갔다.

각자 네 번씩 던졌을 때였다.

"너희, 연못 망가뜨리면 안 돼."

누군가의 목소리가 뒤에서 들렸다. 돌아보자, 열 걸음쯤 떨어진 무궁화나무 옆에 한 소녀가 서 있었다. 흰색 반소매 원피스를 입고 머리를 양 갈래로 땋아 내린 모습이었다. 목에는 검은색 쌍안경을 걸고 있었다.

소녀에게 주의를 받자 가즈히코가 발끈하며 콧방귀 뀌듯 말했다.

"네가 뭐 여기 감시원이냐?"

그러자 소녀가 가즈히코에게 지지 않고 대꾸했다.

"난 이 연못의 요정이야."

가즈히코는 나를 바라보고 "뭐야, 얘 이상한 애네." 하며 어이없다는 듯 웃었다.

이것이 가오루와의 첫 만남이었다.

2

애초에 내가 롯코산에 온 이유는 아사기 아저씨의 초대를 받았기 때문이다. 아사기 겐타로 아저씨는 아버지의 오랜 친구다. 봄에 도쿄로 출장 온 아사기 아저씨를 아버지가 집으로 초대했는데, 그때 아저씨가 나에게 "여름방학 시작하면 우리 집에 놀러 오렴." 하고 말했던 것이다.

"롯코산에 작은 별장이 있단다. 아랫마을보다 기온이 8도나 낮아서 여름을 시원하게 보낼 수 있지. 너랑 동갑인 외아들 녀석도 있으니 친구로 어울려 놀 수 있을 거야. 이름은 가즈히코란다."

당시는 평범한 가정에는 아직 에어컨 같은 게 없던 시절이었기 때문에 여름방학을 시원하게 보낼 수 있다는 말은 거절하기 어려운 유혹이었다. 실은 이때 형도 같이 초대받았지만, 고등학생인 형이 입시 준비에 전념하고 싶다며 거절하는 바람에 난생처음 나 혼자서 간사이 지방 여행을 하게 된 것이다.

그때는 여름방학 숙제로 일기를 꼭 써야만 했다. 그 오래된 일기장이 지금도 내 수중에 남아 있다. 일기장을 펼치면 연필로 쓴 삐뚤빼뚤한 글씨가 눈에 들어온다.

7월 24일 목요일 맑음
쓰바메호 특급 열차를 타고 오사카에 왔다.
아사기 아저씨네 아주머니와 가즈히코가 역에 마중을 나와주었다.
케이블카를 타고 롯코산에 올라갔다.
시원했다.
아사기 아저씨네 별장에 도착.
오늘부터 여기서 여름방학을 보낸다.
기대된다.

당시의 내가 글 쓰는 것에 그다지 흥미가 없었다는 사실을 이 엉성한 일기만 봐도 알 수가 있다. 그래도 그해 여름의 추억을 떠올리는 재료로 삼기에는 충분하다. 짤막한 몇 문장을 보는 것만으로도 그때의 정경이 생생하게 되살아난다.

　쓰바메호 특급 열차를 타고 여덟 시간.

　오사카역에 내리자 찌는 듯한 무더위가 채 가시지 않
은 늦은 오후의 혼잡한 플랫폼에 '데라모토 스스무'라는
이름을 먹으로 쓴 종이를 든 여자분이 서 있었다. 아사기
아저씨의 부인이었다. 내 이름이 공공장소에 보란 듯이
나와 있는 걸 보니 좀 창피했다.

　아주머니는 치장하기를 그리 좋아하지 않는지, 밀짚모
자를 쓰고 흰색 반소매 면 블라우스에 남자 바지로 보이
는 헐렁한 회색 바지를 입고 있었다. 아마도 남편이 입던
게 아니었을까. 겉모습에 신경 쓰는 우리 엄마라면 대청
소할 때조차도 하지 않을 차림이었다.

　"어서 와, 잘 왔어."

　나를 향해 미소 짓는 아주머니의 표정에서 활기차고
산뜻한 인상을 받았다. 예민하고 까다로운 사람이면 어
떡하나 걱정했던 마음이 조금 편안해졌다.

　반면 같이 마중 나온 가즈히코는 약간 모난 성격처럼
보였다. 눈매가 그렇게 느껴졌다. 또래를 만나면 상대를
일단 한 수 아래로 낮춰 보고 시작하는 남자애가 있다.
가즈히코가 그런 타입 같았다.

키나 체격은 나랑 얼추 비슷했고, 얼굴은 한눈에도 영리해 보였는데 좀 더 솔직히 말하자면 자신의 영리함을 자랑으로 여기는 소년의 얼굴이었다. 단 음흉한 느낌은 없었다. 그런 분위기는 아니었다. 긴 앞머리를 재수 없게 옆으로 쓸어 올리는 버릇이 좀 거슬리는 정도였다.

앞머리가 긴 남자 중학생이 도쿄에는 흔하지만 간사이 지방에는 매우 드물다는 사실을 얼마 지나지 않아 알게 되었다. 다들 빡빡 깎은 까까머리였다. 대부분의 공립중학교에 그런 교칙이 있는 모양인데, 가즈히코가 다니는 학교는 예외인 걸까?

붉은 벽돌이 상징인 도쿄역에 비하면 당시 오사카역은 수수하고 볼품없었다. 역 앞 광장도 삭막했다. 낮은 건물들이 어지러이 늘어선 거리 저편으로 오사카성의 천수각이 어슴푸레 눈에 들어왔다. 주변에는 큰 건물이 손에 꼽을 정도로 적었는데, 딱 하나 눈에 띄는 건 호큐 백화점이 입점해 있는 8층짜리 적갈색 빌딩이었다. 그 빌딩 지하에 있는 역에서 우리는 호큐 전차를 탔다. 철도 회사인 '호큐전철'은 아사기 아저씨가 근무하는 곳이다.

고베선의 롯코역에서 내려 버스를 타고 케이블카 역으로 향했다.

녹음이 울창하게 우거졌어야 할 계절인데도 차창으로 보이는 롯코산은 산의 표면이 여기저기 희끄무레하게 드러나 있었다. 애처로운 풍경이었다. 이후에 나무 심기 운동으로 산 전체가 초록으로 빈틈없이 뒤덮이게 되지만, 그 무렵엔 아직 그렇지 않았다. 뭐랄까, 아주 황폐해진 산처럼 보였다.

산장 스타일로 지은 역사에서 케이블카 표를 사면서, 이 케이블카는 호큐전철의 경쟁사인 한신전철에서 운영하는 거라고 아주머니가 말했다. 예전엔 로프웨이도 있었고 그건 호큐에서 운영했는데 전쟁 중에 철거되었다는 얘기도 덧붙였다.

"철재를 국가에 공출하느라 그랬대."

가즈히코가 끼어들었다.

"그런데 이 케이블카도 철재를 사용한 거잖아?"

내가 궁금해하며 물었다.

"로프웨이를 철거하는 건 간단하지만 케이블카는 복잡하거든(일본의 로프웨이는 한국에서 흔히 일컫는 케이블카에 가깝고, 일본의 케이블카는 산악의 경사면을 오가는 철도를 의미한다). 그래서 살아남았지."

가즈히코가 손아랫사람을 가르치는 듯한 말투로 대꾸했다.

우리를 태운 케이블카는 먼저 짧은 터널을 통과한 후에 산의 급경사를 천천히 올라갔다. 매미 울음소리가 요란했다. 매미들의 합창이 점차 잦아들고 반소매 아래 팔뚝에 약간 서늘한 기운이 감돌 무렵 산 위 역에 도착했다. 케이블카 탑승 시간은 십 분 정도였다. 지금 이곳은 해발 737미터라며, 묻지도 않았는데 가즈히코가 알려주었다.

벌써 해가 저물고 있었다. 아사기가家의 별장은 케이블카에서 내린 곳에서부터 십 분쯤 더 완만한 비탈길을 걸어서 올라가야 했다. 도착과 동시에 땅거미가 드리워졌다.

3

다음 날 아침, 휘파람새 소리에 잠에서 깼다.

시원하다고 듣긴 했지만, 창문을 닫고 잤는데도 땀이 나기는커녕 여름용 홑이불을 꼭 덮고 잠을 청했을 정도로 밤 기온이 낮았다. 커튼을 열고 밖을 보니, 나지막이 깔린 아침 안개가 비탈길 아래를 자욱하게 덮고 있어 마치 안개 바다에 떠 있는 것 같았다.

내가 일어났을 때 아사기 아저씨는 이미 출근한 뒤였다. 어젯밤에도 아저씨가 늦게 귀가해 제대로 얘기를 나누지 못했지만, 아저씨와 얘기하려고 이곳에 온 건 아니니까 크게 신경 쓰진 않았다.

된장국과 말린 생선구이, 채소 절임으로 차려진 아침 식사를 가즈히코와 같이 먹고 있는데 그 비좁은 식당 옆방에서 톡톡, 으드득으드득, 끼익끼익 하는 소리가 들려왔다. 아주머니가 뭔가를 하는 모양이었다.

의아한 눈빛으로 가즈히코를 쳐다보니 가즈히코가 대답해 주었다.

"장난감 만드는 거야."

"장난감?"

"목재 완구. 처음엔 취미로 만들기 시작했는데 지금은 호큐 백화점에 납품하고 있어. 그런대로 팔린다나 봐."

"그렇구나."

아침 식사를 끝내고 옆방을 들여다보니, 앞치마를 두른 아주머니가 흠집이 잔뜩 난 테이블을 작업대 삼아 뭔가를 조립하고 있었다. 물레방아처럼 보였다. 옆 선반에는 목마와 자동차, 아기 손수레 등이 놓여 있었다. 전부 한 손으로 들 수 있을 만한 크기로, 색은 입히지 않아 나뭇결이 그대로 드러난 상태다.

"유치한 장난감이지?"

아주머니가 일손을 멈추고 내게 묻더니 이어 답까지 말해주었다.

"어린애들을 위한 거니까 모양을 단순하게 하는 거야. 그래야 고장도 잘 안 나고."

이런 물건이 팔리는 현상은 전쟁이 끝나고 난 뒤의 혼란이 가까스로 진정되고 세상에 다시 여유가 생기기 시작했다는 증거인지도 모른다는 생각이 들었다.

"그래도 아주 멋진데요. 방에 장식품으로 둬도 좋을 것 같아요."

내가 이렇게 말하자, 가즈히코가 곧바로 "도쿄 사람은 아부도 잘하네." 하고 빈정거렸다.

"아부 아니야."

"알았어, 알았어."

가즈히코는 장난스레 눙치며, 발끈하는 나를 밖으로 데리고 나갔다.

7월 25일 금요일 맑음

오전에 가즈히코랑 별장 주변을 산책했다.

구라사와 가오루라는 애를 만났다.

호리병 연못 옆에 있는 별장에 사는 것 같다.

어느새 안개가 걷히고 날씨가 아주 맑았다.

"별장이 있다니 부럽다."

가즈히코와 나란히 걸으면서 내가 말을 건넸다.

"비탈진 곳의 토지라 값이 쌌대. 게다가 산속 오두막집보다 좀 낫다 싶은 정도라 별장이라고 부르기도 뭐해."

가즈히코가 고개를 가로저으며 말한다. 겸손이 아니라 본심인 듯했다.

"전쟁 전부터 롯코에는 큰 별장이 아주 많았어. 그런 게 진짜 별장이지."

큰길과 좁은 길. 길이 갈라지는 지점에서 가즈히코는 나를 좁은 길로 인도했다. 양쪽 길가에 잡초가 무성하게 자라 길을 뒤덮은 탓에 그 사이를 걸으니 바짓단에 풀물이 약간 들었다. 나는 면 재질의 흰색 바지를 입고 있었다. 학교 체육 시간에 입는 바지인데, 롯코산 별장에서의 생활이 여름 캠핑 학교와 비슷할 거라고 생각한 어머니가 가방에 넣어준 것이다.

좁은 길을 택한 것이 내 흰 바지를 일부러 더럽히려는 가즈히코의 장난은 아닐까, 문득 그런 의심이 들었다. 가즈히코는 청바지를 입었다. 블루진. 그런 걸 입는 소년은 아직 드물 때였다.

이윽고 다시 큰길이 나왔다. 나에게 풀숲을 걷게 한 건 단순히 지름길을 지나기 위해서였는지도 모른다. 가즈히코의 행동을 하나하나 의심하고 억측하지는 말자고 생각했다. 장난이든 아니든 사소한 일에 이리저리 마음을 뺏기지 말고 태연하게 처신하자.

내가 물었다.

"어디 가는 거야?"

가즈히코가 대꾸했다.

"어제 얘기했던 로프웨이 역을 보여줄게."

이제는 사용할 수 없게 된 폐역. 그것은 우체국 뒤편에 있었다. 입구에 출입을 막기 위한 로프가 엉성하게 묶여 있었는데, 그마저도 느슨해져 아래로 축 처져 있었다. 어른이 봤다면 들어가지 말라고 주의를 줬겠지만, 주변에 인기척이 없어 우리는 거리낌 없이 안으로 들어갔다.

황폐한 역사驛舍. 비탈진 곳에서 앞으로 흡사 다이빙대처럼 불쑥 튀어나와 있다. 우리는 역사 끝까지 가서 아래로 흐르는 계곡을 내려다봤다. 그 역사 끝에서부터 비스듬히 뻗어 내려갔을 강철 가선架線은 흔적도 없이 사라졌고, 덩그러니 홀로 남겨진 역사가 이 높은 곳에서 아래를 내려다보며 아쉬움에 어쩔 줄 몰라 하는 것 같았다.

가즈히코가 계곡을 정면으로 바라보며 말했다.

"예전에 나도 몇 번 타본 기억이 있어. 좌석이 스무 개쯤 되는 큰 곤돌라였는데, 어릴 때긴 했지만 스릴이 있어서 케이블카보다 훨씬 재미있다고 생각했는데."

"전쟁이 끝난 지 벌써 7년이나 지났으니 이제 복원해도 좋지 않을까."

내가 대꾸하자 가즈히코는 예의 그 우쭐대는 얼굴로 나를 돌아보며 말했다.

"아니, 로프웨이 시대는 끝났어. 이젠 자동차 시대야. 다들 자동차로 올라오는 시대가 올 거라고. 그러니까 이제 제대로 된 산악 도로를 만들어야지."

어린애 가르치듯 말하며 가즈히코는 앞머리를 옆으로 쓸어 넘겼다.

롯코산 꼭대기는 동서로 길게 뻗은 평지처럼 되어 있다.

"여기저기에 연못이 많아."

가즈히코의 말에 연못을 보러 가기로 했다.

"어떤 연못이 보고 싶어? 이름을 말할 테니까 골라 봐."

운류 연못.

가르벤 연못.

스미토모 연못.

아마 연못.

가와사키 연못.

방갈로 연못.

미쿠니 연못.

진흙 연못.

야시로 연못.

호리병 연못.

"그리고 또 뭐가 있더라. 더 있긴 한데 나머지는 생략. 자, 몇 번째 어느 연못에 가보고 싶어?"

기억력 테스트였다. 의심하지 않으려 해도 분명했다. 몇 번째 어떤 이름의 연못을 들었는지 기억이 모호했다. 그래서 이렇게 답할 수밖에 없었다.

"마지막 연못이 좋겠네. 호리병 연못."

그리고 그렇게 대답한 순간, 운명의 여신이 나와 가즈히코에게 미소를 보냈다. 아니, 미소라기보다는 비웃음이었을까.

4

"저 꽃봉오리를 먼저 맞히는 사람이 이기는 거다."

"좋았어!"

호리병 연못에 떠 있는 수련 꽃잎. 그중 하나를 겨냥해 가즈히코와 내가 몇 번이고 조약돌을 던지고 있는데 뒤에서 말소리가 들렸다.

　　"너희, 연못 망가뜨리면 안 돼."

　　뒤를 돌아보니 흰색 반소매 원피스를 입고 검은색 쌍안경을 목에 건 소녀가 서 있었다.

　　소녀에게 주의를 받자 가즈히코가 발끈해서 콧방귀 뀌듯 말했다.

　　"네가 뭐 여기 감시원이냐?"

　　소녀가 대꾸했다.

　　"난 이 연못의 요정이야."

　　가즈히코는 나와 눈을 마주치고는 "뭐야, 애? 이상한 애네." 하며 어이없다는 듯 웃었다.

　　"너희 어디 애들이야? 아래에서 왔어?"

　　소녀가 물어보면서 몇 걸음 다가왔다. 아래라는 건, 산 아래 시가지를 말하는 걸까.

　　"아니, 여기서 조금 남쪽에 있는 오두막집에 사는데."

　　"이 근처에 오두막집 같은 거 없는데."

　　가즈히코의 대답에 소녀가 수상하다는 표정을 짓는다.

　　"엄마랑 아빠는 별장이라고 불러. 사실 그게 별장이면 이 연못은 호수라고 해야 하지만."

가즈히코가 농담을 던지자 소녀가 웃으며 말했다.

"재밌는 아이네."

웃는 입매가 내 마음을 끌어당겼다. 성숙함과 천진난만함, 도도함과 수줍음의 상반된 인상이 묘하게 뒤섞여 매력적으로 보였는지도 모르겠다.

가즈히코가 돌멩이를 버리고 손을 툭툭 털더니 앞머리를 옆으로 쓸어 넘겼다. 그러고는 소녀를 보며 "야!"라고 했다가 고쳐 말했다.

"너! 이 근처 살아?"

"저기."

소녀는 자신의 대각선 뒤쪽으로 녹음이 우거진 비탈을 가리켰다. 그 언저리에 건물이 있다는 것 같았지만 나무에 가려 여기서는 잘 보이지 않는다.

소녀가 뒤를 돌아보는 바람에 양 갈래로 땋은 긴 머리의 한쪽 꼬리가 어깨 앞으로 넘어왔다. 소녀는 머리를 아무렇지 않게 뒤로 넘겼다.

"이걸로 산울타리 틈을 봤더니 너희가 보이잖아."

소녀가 목에 건 쌍안경을 들어 보였다. 가즈히코는 소녀가 가리킨 방향을 잠깐 응시하더니 입을 열었다.

"혹시 너 성이 구라사와야?"

"맞아. 그런데 어떻게 알아?"

"거기 별장은 워낙 커서 모르는 사람이 없어."

"너네는 이름이 뭐야?"

소녀가 더 가까이 다가와 가즈히코와 나를 번갈아 보며 물었다. 이마 가장자리에 난 잔머리가 산들바람에 살짝 흔들린다.

"난 아사기 가즈히코야. 이 녀석은 데라모토 스스무. 도쿄에서 온 군식구."

"나는 구라사와 가오루. 가오루는 향풀 훈薰 자가 아니라 향수香水 할 때 향香 자를 써."

가오루는 한자까지 세심히 알려주었다. 그러고는 나를 보며 유난스레 관심을 표했다.

"우와, 너 도쿄에서 왔어? 우리 엄마도 도쿄에서 자랐는데. 도쿄 어디?"

"스기나미구."

"으음, 어떤 곳인데?"

"논밭밖에 없는 시골이야."

"그래도 도쿄는 도쿄잖아. 난 도쿄 사람 말씨가 좋더라. 왠지 똑똑하게 들려."

옆에서 가즈히코가 마뜩잖다는 표정을 짓고 있었다.

나이를 물어보기에 둘 다 열네 살이라고 알려줬다.

"와, 동갑이네. 나도야."

가오루가 좋아했다.

가즈히코와 나는 가오루의 쌍안경을 빌려 교대로 주변을 둘러봤다.

"독일제 쌍안경이야. 칼 자이스라고 새겨진 거 보이지? 읽을 수 있니? 전쟁 전에 나온 거라 약간 낡았지만, 그래도 잘 보이지?"

"칼 자이스는 쌍안경의 원조잖아. 일본 것보다 훨씬 비싸고."

가즈히코가 박식의 편린을 드러낸다. 본체를 감싸고 있는 검은색 가죽에 작게 긁힌 흠집이 있지만 전쟁 전 물건치고는 그리 낡지 않았다.

"누구 거야? 아버지 거?"

"응, 아빠 유품이야."

내가 묻자 가오루가 거리낌 없이 대답했다.

"돌아가셨어?"

"응, 전쟁 끝나던 해에."

나는 잠깐 머뭇거리다가 중얼거리듯 대꾸했다.

"그랬구나."

당시는 전쟁 중에 아버지를 잃은 아이가 그리 드물지 않았다. 아무리 그렇다 해도 부모님이 다 계신 나로서는 그런 아이를 보면 동정심과 미안함이 뒤섞인 복잡한 기분이 들어 나도 모르게 목소리가 가라앉는다.

그런 나에게 쌍안경을 돌려받은 가오루가 말을 꺼냈다.

"저기, 너희 내일 시간 있어?"

영문을 몰라 말이 없는 우리에게 가오루가 설명했다.

"혹시 시간 되면 같이 전망대 안 갈래? 거기서 이 쌍안경으로 보면 오사카만灣이 다 보여. 와카야마까지 보인다니까."

"내일이 아니라 오늘도 한가한데."

가즈히코가 대답했다.

"오늘은 내가 안 돼. 점심 먹고 피아노 수업이 있어서."

가오루가 미간을 찡그려 보였다.

내일 아침 아홉 시에 연못가에서 만나기로 약속하고, 우리는 가오루와 헤어졌다.

"굿바이!"

가즈히코가 가오루의 뒷모습에 대고 인사하자, 가오루도 몸을 틀어 손을 살짝 흔들더니 그대로 다시 등을 돌렸다. 길게 땋은 머리끝이 빙그르르 한 바퀴 돌았다.

"굿바이, 굿바이, 굿바이!"

당시 라디오에서 자주 흘러나오던 동요(사토 요시미의 동시에 가와무라 고요가 멜로디를 붙여 발표한 '굿바이グッド バイ'라

는 제목의 동요로, 전쟁 당시에는 '적성국의 가사'가 들어 있다는 이유로 발매가 중지되기도 하였다)를 흥얼거리며 멀어져 가는 가오루에게서 우리는 눈을 떼지 못했다. 원피스 아래로 뻗은 종아리가 규칙적으로 움직인다. 이윽고 가오루는 언덕으로 올라가는 모퉁이에서 한 번 더 뒤돌아 쌍안경을 들여다보며 우리를 살핀 다음 나무숲 안으로 사라졌다.

"부잣집 애치고는 스스럼이 없다고 해야 하나, 붙임성이 좋다고 해야 하나, 아무튼 걱정이 없는 애 같다."

가즈히코가 촌평했고, 나도 똑같은 인상을 받았다. 하지만 그것은 짧은 관찰에서 느낀 얄팍한 감상에 불과했다. 걱정이 없는 인간이란 있을 수 없다. 그 당시 가오루는 좀 복잡한 처지에 있었다. 우리가 그 사실을 알게 된 것은 서로 마음을 좀 더 터놓고 나서였다.

점심 식사 후, 우리는 괜히 구라사와 별장 근처까지 가서 나무 그늘이 진 풀밭에 누워, 흘러나오는 피아노 연습곡에 귀를 기울였다.

"잘 치는 건가?"

"아닌 것 같은데."

"가끔씩 막히네."

"똑같은 데서."

이런 말들을 툭툭 던지면서 우리는 질리지도 않고 피아노 소리를 들었다.

5

7월 26일 토요일 맑음
가즈히코, 가오루와 셋이서 전망대에 갔다.
경치가 아주 멋졌다.

약속대로 가오루가 나타났다.
하얀 여름 모자에, 빨강과 하양이 섞인 체크 무늬 셔츠의 긴소매를 말아 올렸고, 갈색 반바지에 흰색 반 양말, 갈색 가죽 경등산화 차림이었다. 어제의 그 쌍안경은 목에 걸고, 작은 배낭을 등에 멨으며, 어깨에는 물통을 사선으로 걸치고 있었다.
한편 가즈히코와 나는 셔츠만 바꿔었을 뿐 어제와 똑같은 복장이었다. 배낭은 물론 물통도 들지 않았다.
나는 걱정이 돼 가즈히코에게 물었다.
"전망대가 멀어? 올라가기 힘든가?"
가즈히코가 청바지 뒷주머니에 두 손을 찔러 넣고 엷

은 웃음을 띠며 대답했다.

"그야 당연히 힘들지. 조난당하는 사람이 매년 열 명쯤 될걸. 그렇게 안 되려면 저 대장님한테 꼭 붙어서 따라가라."

우리의 대화가 가오루의 귀에도 들린 모양이었다. 가오루는 자신의 옷차림을 가즈히코가 놀렸다는 사실에 민감하게 반응해 일부러 가즈히코를 무시하고 나에게 말을 걸었다.

"간식 가져왔어. 스스무 것도 있어. 목마르면 얘기해, 홍차 줄게. 자, 그럼 가볼까. 출발!"

골프장을 따라 완만하게 이어진 길을 천천히 걷는, 한 시간이 채 안 되는 여정이었다. 위로 오르는 게 아니라 옆으로 이동하는 코스였다. 마지막 오 분간은 경사가 조금 심한 비탈길을 올라야 했지만, 산 위 별장에 사는 사람들에게는 가벼운 산책 수준일 것이다.

그렇다고는 해도, 걷는 내내 가오루는 가즈히코에게 심술을 부렸다. 따돌리는 정도까지는 아니었지만, 나에게는 보란 듯 상냥하게 대하면서 가즈히코에게는 퉁명스럽게 말했다. 가즈히코는 자기가 한 실언을 후회하는지 가오루의 냉대를 묵묵히 견디고 있었다.

드디어 전망대에 도착했다. 주변보다 약간 높게 솟은 구릉이었다. 근처에 롯코산 북쪽에서 아리마 온천으로 내려가는 로프웨이 발착소發着所가 있었다. 가즈히코 말대로 남쪽으로는 푸르른 오사카만이 한눈에 내려다보였다. 그 전망을 감상하러 온 사람들이 우리 말고도 여럿 있었다. 꽤 맑고 쾌청한 날씨였지만, 여름 공기가 머금은 습기가 엷은 안개를 형성해 먼 곳을 흐릿하게 가리고 있었다.

"저 너머가 오사카 시내."

가오루는 손가락으로 가리키며 내게 오사카가 어디인지 알려주고 쌍안경을 빌려주었다.

"바로 요 앞이 아시야(효고현에 소재한 도시로 부호들이 사는 고급 주택가가 위치해 있다)일걸. 여름철 말고는 난 거기서 살아. 그리고 좀 더 오른쪽을 봐봐. 그쪽이 고베야."

롯코산은 바닷가 마을 뒤쪽에 우뚝 솟아 있기 때문에 마치 천상에서 도시를 내려다보는 듯한 느낌을 주었다. 하지만 전망이 아무리 대단하다고 해도, 사실 그 무렵의 내게 그런 것은 별 흥미가 없었다. 오히려 가오루의 일거수일투족을 보는 게 좋았다. 고개를 숙인다. 고개를 든다. 땋은 머리의 꼬리를 어깨 뒤로 넘긴다. 코 옆을 살짝 긁는다. 미간을 찡그리고 뭔가를 생각하는 표정을 짓는다.

그리고 때때로 보여주는 그 미소. 그런 가오루를 옆에서 보는 것만으로도 즐거웠다.

가오루는 약간 뒤끝이 있는 성격인 것 같았다. 자신을 놀린 가즈히코를 심술궂게 대하는 태도만 봐도 알 수 있었다. 하지만 여자들은 대개 그러하다는 걸, 당시의 나는 이미 터득하고 있었으므로 그 점이 가오루를 싫어할 이유가 되지는 않았다.

그런 가오루의 노여움도 서서히 누그러들었는지 내가 쌍안경을 돌려주자 이번에는 가즈히코에게 건넸다.

"볼래?"

짧은 한마디였을 뿐이지만, 내가 보기에 그 무뚝뚝한 말은 쑥스러움을 감추고 내미는 화해의 손길이었다. 가즈히코에게도 그 마음이 전해지지 않았을까.

가즈히코는 "응." 하고 짧게 답하고 나서 늘 봐왔을 전망을 꽤나 열심히 들여다보았다.

셋이 풀밭에 앉았다. 가오루가 배낭에서 도시락 크기의 네모난 금속 통을 꺼냈다. 크림색과 초콜릿색으로 나뉘어 칠해진 상자에는 알파벳이 춤추는 듯한 서체로 새겨져 있었다.

가오루가 뚜껑을 열자 스무 개 남짓의 비스킷이 눈에

들어왔다. 동그란 모양, 네모난 모양과 초콜릿을 얇게 씌운 것도 있었다.

"고베에 있는 과자점에서 산 거야. 사양하지 말고 먹어."

나뿐 아니라 가즈히코에게도 권했다. 가오루가 물통에 담아온 홍차도 뚜껑을 컵 삼아 셋이서 돌아가며 마셨다.

비스킷을 오물거리며 가오루가 가즈히코와 내 아버지의 직업을 물었다.

"도쿄전력에 다니셔." 내가 대답하고, "우리 아버진 호큐전철." 하고 가즈히코도 답했다. 가오루는 내 아버지의 직업에는 흥미를 보이지 않았으나, 가즈히코에게는 "어머, 호큐에 다니시는구나. 그럼 나는 거기 고객이네. 아시야가와역에서 학교까지 통학하거든." 하고 반응했다. 그 대답을 시작으로 두 사람의 대화가 활기를 띠었다.

"어느 학교?"

"고베 여학원."

"여학원이구나."

"참, 올해 봄까지 호큐 전차에도 연합군 전용 차량이 있었잖아. 내가 한번은 실수로 그걸 타버렸지 뭐야. 출발하기 직전에 막 뛰어서 탔는데, 주위를 둘러보니 연합군 군인에, 그 가족에, 아무튼 전부 외국인뿐인 거야. 어느 멍청한 애가 탔나 하는 얼굴로 날 보며 히죽히죽 웃는 사람이 있질 않나 째려보는 사람도 있고. 진짜 땀이 삐질 나는 거 있지."

"전용 차량은 창문 아래에 흰색 줄이 칠해져 있잖아. 어떻게 그걸 잘못 타냐. 너도 참 어지간히 덤벙대는구나."

"그러게 말이야. 내가 좀 덜렁대는 면이 있어."

"전쟁 전 호큐 전차에는 여학교 전용 차량도 있었다던데, 남자 중학생이 실수로 그걸 잘못 탔다고 생각해 봐. 완전 끔찍하다."

"아하하, 정말이네."

"고베 여학원도 전용 차량이 있었을걸."

"진짜?"

"분명 그렇게 들었는데."

아까와는 반대로 이번엔 내가 소외감을 느낄 차례였다.

두 사람의 대화는 계속됐다.

"호큐에 입사하면 대학에서 법학이나 경제학을 전공한 사람도 일단 차장이나 기관사 일부터 해야 한다던데, 사실이야?"

"응, 맞아. 우리 아버지도 사무직으로 들어갔지만 처음엔 전차 운전도 했대. 업무 숙달이 빠르다면서 본직 기관사가 감탄했다고 자랑하셨어."

"너도 나중에 호큐에 들어갈 거야?"

"글쎄, 그건 모르지."

"호큐는 직원의 가족이나 친인척을 많이 채용하니까 너도 들어갈 수 있는 거 아냐?"

"이 세상에 회사는 많아. 딱히 호큐를 고집할 마음은 없어. 게다가 난 아직 열네 살이라고. 왜 벌써부터 직장을 정하냐?"

"그건 그렇지."

가오루는 부드럽게 웃다가 문득 내가 소외되고 있다는 걸 깨달았는지 "하나 더 먹을래?" 하고 물으며 내게 비스킷 상자를 내밀었다.

그 후에는 나도 대화에 끼어들어, 개최 중인 헬싱키 올림픽 얘기도 하고, 미소라 히바리와 에리 지에미 중 누가 더 노래를 잘하느냐는 둥 셋이서 이런저런 수다를 떨며 시간을 보냈다. 참고로 히바리와 지에미 모두 당시 열다섯 살이라 우리와 한 살 차이밖에 나지 않았다.

이윽고 점심때가 다가와 우린 자리에서 일어났다. 가오루와 나는 〈테네시 왈츠〉(1952년 미국의 컨트리송을 에리 치에미가 번안, 발표하여 엄청난 히트를 기록했다)를 휘파람으로 불면서 귀갓길에 올랐다. 가즈히코가 거기에 동참하지 않은 건, 휘파람을 못 불기 때문이었다. 그것은 내게 조금은 유쾌한 발견이었다.

돌아오는 길에 셰퍼드를 산책시키는 한 여자와 마주치자 가오루가 "안녕하세요." 하고 인사했다.

여자 쪽에서도 "안녕." 하고 고개를 끄덕이며 아는 체하고는 "대단한데? 보이프렌드를 둘이나 거느리고." 하면서 가오루를 놀렸다. 젊지는 않지만 중년이라고 부르기에는 아직 이른 듯 보였다. 소년인 나로선 그 정도로 대략적인 연령대만 판단할 수 있었다. 길어 보이는 머리를 시뇽(프랑스어로 쪽 찐 머리, 후두부를 가리키는 말로, 뒤로 모아서 틀어 올린 머리 모양) 스타일로 한 미인이었다. 걸을 때 검은색 플리츠 스커트가 살랑거리는 모습이 엘레강스했다. '시뇽', '엘레강스' 모두 그 무렵의 내가 갓 알게 된 어휘였다.

여자와 헤어진 뒤, 가오루가 가즈히코에게 물었다.

"저 사람 몰라? 롯코의 여왕이잖아."

그러자 가즈히코가 뒤를 돌아봤다가 다시 고개를 돌리고는 "저 사람이야? 난 처음 봐." 하고 중얼거렸다.

"응? 롯코의 여왕? 그게 뭔데?"

롯코의 여왕이 뭔지 당연히 알 리 없는 내가 두 사람에게 묻자 가오루가 설명했다.

"전쟁 전에 우메다 호큐 백화점 근처에서 바를 운영했던 모양이야. 그러다가 공습이 심해졌을 때 롯코로 피난 왔대. 지금은 여기서 찻집을 하는데, 미인이라 남자 손님들로 북적거린대."

"그런데 왜 롯코의 여왕이라 부르는 거야?"

"글쎄, 미인이라서가 아닐까? 고시바 이치조 회장님이 그렇게 부르기 시작했대."

고시바 이치조라는 이름이 나와서 내가 말했다.

"어? 나 내일 만나러 가는데."

"롯코의 여왕을?"

"아니, 고시바 이치조 회장님."

"그래?"

"우리 아버지가 스스무를 인사시키기로 했어."

가즈히코가 옆에서 설명을 덧붙였다.

"스스무는 처음이겠지만, 난 몇 번 만난 적이 있어."

고시바 이치조는 호큐전철을 창립한 인물이다. 가오루가 살짝 놀란 기색으로 가즈히코에게 물었다.

"너희 아버지, 호큐에서 높은 분이셔?"

"그런 건 아닌데, 예전에 고시바 이치조 회장님이 해외 시찰 여행을 할 때 우리 아버지랑 스스무네 아버지가 수

행원을 한 적이 있대. 〈미토고몬〉의 스케, 가쿠(에도시대를
배경으로 한 일본의 TV 사극으로 미토 번의 번주인 미토 미쓰쿠니
가 수하 장수인 스케사부로, 가쿠노신과 함께 전국을 유랑하며 잘
못을 바로잡는 이야기)처럼."

"그렇구나."

"그런 인연이 있어서 내일 아버지가 스스무를 인사시
키기로 한 거야, 롯코산 호텔에서. 나도 같이 가."

"그래……. 그럼 내일은 못 놀겠네."

"월요일에 놀자."

"좋아. 월요일은 오후부터 시간 되는데 괜찮아?"

땋은 머리꼬리를 뒤로 넘기면서 미소 짓는 가오루를
보고 있으니 그 순간부터 월요일 오후가 몹시 기다려졌
다. 가즈히코도 틀림없이 그럴 것이었다.

II

아이다 마치코

1935년

1

어떤 성격을 가진 여자일까. 우리는 그녀가 궁금했다.

아이다 마치코. 당시 나이 스무 살.

웃지도 않고 마음을 터놓지도 않고, 어떤 일에 슬퍼하거나 놀라지도 않는다. 그녀는 뭔가 사연이 있는 듯하지만 그것을 드러내려 하지 않고 혼자서 조용히 아픔을 견디는 것처럼 포커페이스를 잃지 않았다.

그런데도 우리가 그녀를 지나치다 싶을 정도로 보살피려 했던 까닭이 단순히 친절을 베풀려는 마음 때문만은 아니었던 것 같다. 아마도 그녀의 눈빛 때문이었을 것이다. 조용한 태도와는 어딘가 어울리지 않는 눈빛. 그 안에 깃든 길고양이 같은 야성미에 우리는 그만 마음을 빼

앗겼던 게 아닐까. 그런 생각이 든다.

그녀를 처음 만난 곳은 베를린의 종착역이었다.

1935년.

가을도 꽤 깊어진 11월 10일, 일요일 아침이었다.

우리가 타고 온 열차에서 연이어 내린 승객들로 플랫폼은 혼잡했다. 증기기관차가 내뿜는 냄새, 모자를 쓰고 코트를 입은 채 오가는 사람들, 술렁거리며 들려오는 독일어, 이런 것들이 역 안을 가득 채우고 있었다.

"아사기 씨, 짐 좀 확인해 줘. 난 환전하고 올게."

데라모토 씨가 내게 말하고는 자리를 떴다. 그는 베를린 유학 경험이 있어 이 역의 구조를 잘 안다. 가방의 개수를 확인하는 나에게 "좀 잤나?" 하고 고시바 이치조 회장이 말을 걸어왔다.

"아뇨, 별로."

"그런가, 난 푹 잤는데."

전날 오후에 런던을 출발한 우리 세 사람은 연락선으로 유럽 대륙으로 건너와 야간열차를 탔다. 그리고 종착역인 베를린의 안할트역에 오전 여덟 시 사십 분에 도착한 것이다.

"도쿄와 오사카를 야간열차로 자주 왕복하다 보니까

침대차는 힘들지도 않네." 하고 회장은 말했지만, 나는 아무래도 힘들었다. 열차 흔들림이 신경 쓰여 숙면을 취할 수 없었던 것이다.

"역시 훌륭한 역이구먼, 그렇지? 아사기 군. 우메다역은 비교도 안 돼."

넓은 구내를 철골로 높게 감싼 아치형 지붕을 올려다보며 고시바 회장이 감탄했다.

바로 그때 우리 옆으로 기다란 검푸른색 망토를 군복 위에 두른 나치스 군인 무리가 지나가자 키가 큰 그들과 대비되어 회장의 왜소한 체구가 한층 더 눈에 띄었다.

"여자들이 수수하네."

주위를 둘러보면서 회장이 말했다.

"옷도 화장도 전부 수수해. 미국과는 딴판이야. 젊은 자네들은 어떨지 모르지만, 나는 이쪽이 마음이 편해."

그 여행은 회장의 첫 해외 시찰 여행이었다. 당시 그는 호큐전철 회장과 도쿄전등의 사장을 겸하고 있었다. 그래서 양쪽 회사에서 남자 비서를 한 명씩 수행하게 한 것이다. 도쿄전등에서는 데라모토 씨, 호큐전철에서는 나였다.

당시 고시바 회장은 예순두 살이고, 데라모토 씨가 서른둘, 나는 서른 살이었다. 우리 둘 다 이미 아내가 있었다.

일본을 떠난 지도 어언 두 달, 우리는 긴 여행에 조금 지쳐 있었다. 아니, 지친 건 수행 비서인 우리 둘이었고, 고시바 회장은 여전히 기력이 왕성했다. 눈에 들어오는 모든 것에 호기심을 보였고, 궁금한 게 생기면 데라모토 씨나 내게 확인하게 했다. 우리가 대답을 못 하면 당장 알아보라는 명령이 떨어지는 데다 시간이 걸려 우물쭈물하기라도 하면 불편한 심기를 그대로 드러냈다.

안할트역에서도 어김없이 내게 질문을 던졌다.

"옆 플랫폼도 그렇고 반대편도, 승객 대부분이 짐가방을 들고 있군. 이 역은 장거리 열차 전용인가?"

"그런 것 같습니다."

"그런 것 같다?"

"나중에 확인해 보겠습니다."

데라모토 씨라면 알고 있을지도 모르니 그가 환전하고 돌아오기를 기다릴 요량이었는데, 회장은 성격이 급했다.

"당장 물어보고 오게. 영어를 할 줄 아는 역무원이 있을 거야."

독일어도 능숙한 데라모토 씨와 달리 나는 영어만 가능했다.

"그런데 짐이……."

"짐은 내가 보고 있겠네."

"알겠습니다."

"만약 장거리 열차 전용 역이라면, 여기서 보는 걸 무턱대고 참고할 필요는 없어. 호큐의 역들과는 성격이 다를 테니까."

관찰할 가치가 있는지 없는지, 그걸 빨리 알고 싶은 듯했다.

"물어보고 오겠습니다."

나는 역무원을 찾아 구내를 돌아다녔다.

누군가 내게 불쑥 말을 건 것은, 역무원을 찾아서 고시바 회장의 궁금증을 물어본 직후였다. 역무원의 대답을 확인하고 회장이 있는 곳으로 돌아가려는 순간 "잠시만요. 혹시 일본분이세요?" 하는 여자 목소리가 일본어로 날아들었다.

그대로 멈춰 뒤를 돌아보자, 자주색 모자를 비스듬히 쓴 젊은 여자의 무뚝뚝하고 찌를 듯 날카로운 눈빛이 나를 향하고 있었다. 짙은 회색 트위드 코트의 허리를 벨트로 묶었고 작은 숄더백을 왼쪽 어깨에 걸치고 있었다.

"네, 그렇습니다만."

대답하며 완전히 돌아선 나는 무심코 상대의 얼굴을 뚫어지게 쳐다보고 말았다. 한동안 서양 여자들만 계속

봐서인지 그녀의 동양적인 미모가 매우 생경했기 때문이다.

"이거 읽으실 수 있나요? 제가 독일어를 잘 몰라서."

여자가 오른손에 들고 있던 쪽지를 내게 내밀었다. 거기 적힌 것을 해석해 달라는 뜻이었다.

"아, 저도 독일어는 할 줄 몰라서."

여자는 낙담한 낯빛도 없이 "그러시군요, 실례했습니다." 하고 말한 뒤 주저 없이 자리를 뜨려 했다.

나는 다급히 덧붙였다.

"그렇지만 동행자 중에 독일어가 유창한 남자가 있으니 그 사람에게 물어보죠."

그 말을 들은 그녀가 내 주위의 인파를 눈으로 살폈다.

"저쪽이에요."

고시바 회장이 짐을 지키고 있는 곳을 향해 걷기 시작했는데, 따라오는 기척이 없어서 뒤를 돌아보니 여자가 원래 있던 자리에서 미동도 없이 나를 보고 있었다. 경계하는 건가? 그렇다면 마음대로 하라지, 라는 심정으로 다시 걸음을 내디뎠고, 도중에 돌아봤더니 여자가 어느새 내 뒤를 따라오고 있었다.

"이 역은 역시 장거리 전용이라고 합니다."

보고를 듣더니 "음, 그럴 줄 알았어." 하고 고개를 끄덕이는 회장에게 여자를 소개했다. 데라모토 씨는 아직 돌아오지 않은 모양인지 보이지 않았다. 데라모토 씨를 기다리면서 말없이 서성이는 여자를 회장은 위아래로 훑어본 뒤 물었다.

"꽤 어려 보이는데, 나이가 어떻게 되나?"

"스무 살입니다."

당시엔 나이를 만으로 세지 않았으니 당연히 보통 나이로 한 대답일 것이다. 요즘과 같이 만 나이로 하면 열아홉 또는 열여덟인 셈이다. 또 그 당시 일본 여성치고는 키가 큰 편이었다. 독일 여자들한테는 못 미치지만, 작달막한 고시바 회장을 내려다볼 정도의 신장이었다.

"이 도시에 사나? 아니면 여행 중?"

회장의 질문은 내가 궁금한 것이기도 했다. 여자는 작은 숄더백 하나를 메고 있을 뿐, 여행 가방은 갖고 있지 않았다. 하지만 독일어를 모른다는 걸로 봐서 장기 체류 중이지도 않은 듯했다.

"여행 중입니다."

그 말은 단기 체류 중이고, 짐은 머무는 호텔이나 어디 숙소에 두었다는 뜻이겠지.

"일행은?"

그 질문에는 대답하지 않았다. 거리낌 없이 캐묻는 회장이 불편한 듯한 기색이었다. 회장은 묵묵히 여자의 대답을 기다렸다.

여자는 자리를 뜨고 싶은 눈치였으나, 그러면 독일어 해석을 부탁할 수 없게 된다. 그래서인지 이내 퉁명스레 대답했다.

"없어요."

"뭐? 그럼 혼자 여행 중이라는 건가? 말도 안 통하는 젊은 아가씨 혼자서?"

걱정한다기보다는 나무라는 어조다.

여자는 아무 표정 없이 대꾸했다.

"일본에서 올 사람을 기다리고 있어요. 나중에 올 거라서요."

그때 마침 데라모토 씨가 돌아왔다.

2

여자에게 쪽지를 받아들고는 곧장 해석하려는 데라모토 씨에게 "이런 데 서서 할 참인가? 어디 앉을 데 없나." 하고 고시바 회장이 떨떠름한 표정을 지으며 말했다. 데라모토 씨가 대꾸했다.

"아, 역 바로 앞에 카페가 있습니다. 거기서 볼까요?"

데라모토 씨의 안내로 우리는 양손에 짐을 들고 이동했다. 물론 여자도 함께.

플랫폼에서 계단을 내려가 역의 정문 현관으로 향하는데 연갈색 상의를 입은 한 무리의 소년들과 마주쳤다. 전부 왼쪽 팔에 나치스의 갈고리 십자 완장을 차고 있다. 발그레한 볼에 어린아이다운 표정을 한 얼굴로 재잘거리면서 쾌활하게 걸어간다. 소문으로 듣던 히틀러 청소년단, '유겐트'일 것이다.

역 앞 삼각형 모양의 광장에는 잔디와 정원수가 심어져 있고, 그 옆의 중후한 석조 건물 1층에 카페가 있었다. 주변 빌딩에도, 거리에도 곳곳에 나치스 깃발이 펄럭인다.

한 명씩 회전문을 통과해 카페 안으로 들어가니, 꽤 널찍한 실내가 펼쳐졌다. 출입문 옆 벽면에 주르륵 부착된 목제 고리. 그중 빈 곳에 모자와 코트를 거는 우리 세 남자 옆에서, 여자는 허리를 꼿꼿이 편 자세로 실내를 천천히 둘러보고 있다.

간소하고 소박한 실내 장식.

엷게 감도는 담배 연기.

안쪽 벽면에는 히틀러 사진.

얼굴이 붉고 몸집이 퉁퉁한 웨이터의 안내를 받아 우리 네 사람은 테이블 자리에 앉았다. 테이블보가 없어 자잘한 흠집과 얼룩이 있는 나무 표면이 그대로 드러난 테이블에서 왠지 세월의 무게가 느껴진다.

모두가 커피를 주문하고 나자 데라모토 씨가 말문을 열었다.

"자, 그럼 읽어볼까요?"라고 미소 짓는 데라모토 씨에게 여자는 예의 그 쪽지를 다시 건넸다.

고시바 회장과 데라모토 씨가 나란히 앉았고 나는 여자 옆에 앉았다. 여자는 자주색 모자를 벗어 옆 머리를 가볍게 매만진 다음 모자를 고쳐 썼다. 그리 길지 않은 머리카락을 뒤로 질끈 묶고 있었는데 머리를 묶은 검은색 리본이 꼭 나비 같았다.

데라모토 씨는 쪽지에 쓰인 문장을 한번 쭉 훑어봤다. 그러고는 "아, 이건 소개장이군." 하고 중얼거리더니 곧이어 여자에게 해석해서 들려주었다.

수신인은 독일 남자인 것 같았다.

"도쿄에서 헤어진 뒤로 2년이 지났습니다만, 잘 지내시는지요. 귀하와의 유쾌하고 친밀한 교제는 지금도 저에게 소중한 추억으로 남아 있습니다. 이 편지에서는 제 친구 아이다 마치코를 귀하께 소개할까 합니다. 그녀가 이번에 처음으로 일본을 떠나 귀국을 방문하는데, 현지에 아는 사람도 없고 독일어도 구사할 줄 모릅니다. 영어만 조금 알아들을 수 있습니다. 따라서 제가 뒤따라 베를린에 도착할 때까지 그녀를 돌봐주십사 귀하게 부탁드려도 될까요. 승낙해 주신다면 무척 감사하겠습니다."

서명은 일본 남자 이름이었다.

여자는 데라모토 씨에게 쪽지를 돌려받고는 "그것뿐인가요?" 하고 확인했다.

"네."

데라모토 씨는 자신의 어학 실력을 의심받았다고 여겼는지 살짝 기분이 상한 듯한 표정으로 대꾸했다.

"있는 그대로 번역했습니다."

그렇게 덧붙이고는 안경을 고쳐 쓰면서 고시바 회장과 내 얼굴을 힐끗 쳐다봤다.

"이 친구, 독일어는 고수예요, 아가씨."

회장이 보증하는 말을 덧붙였다.

"알겠습니다. 고맙습니다."

고개를 숙이고 쪽지를 숄더백에 넣는 여자에게, 회장이 뭐라 말하려 하던 차에 커피가 나왔다. 검은색 원피스에 흰색 앞치마를 두른 중년의 웨이트리스가 커피 잔 네 개를 내려놓고 사라지기를 기다렸다가 회장이 입을 열었다.

"그 아이다 마치코라는 아가씨가 자네인가?"

"네."

그녀는 짧게 대답했다가 다시 말을 이었다.

"해석해 주신 답례라고 하기에는 변변치 않지만, 커피 값은 제가 내겠습니다."

그러고는 그대로 자리에서 일어나려 하자 "아니, 그러실 것까지야"라고 말하며 데라모토 씨가 손을 내저었다.

그런데 회장은 고개를 끄덕이면서 "그럼 그럴까." 하고 수락하더니 "바쁜가?"라며 여자에게 다시 물었다.

"혹시 안 바쁘면 자네도 천천히 마시다 가게나."

타인에게 명령하는 게 일이나 마찬가지인 고시바 회장이다. 그 때문에 말투는 나긋나긋할지라도 그의 말에는 거역하기 힘든 묘한 힘이 있다. 여자도 일어나다 말고 순순히 다시 의자에 앉은 후에 테이블에 놓인 커피 잔에 손을 뻗었다.

"소개장에 뭐라고 쓰여 있는지 미리 알고 싶은 마음은 충분히 이해하네. 누구라도 궁금한 법이니까."

회장의 표정이 부드러워진다.

"그럼 이제부터 그 수신인을 찾아가겠군?"

"아뇨."

"안 간다고?"

우리는 의아해하는 눈빛을 보냈다.

"여행으로 부재중이더라고요."

그녀가 말했다.

"오호, 그러면 언제 돌아온다 하던가?"

"긴 여행인 것 같아요."

담담하게 대답한다.

"저런저런, 그거 큰일이군."

회장이 염려스럽다는 듯 미간을 찡그린다. 그러나 정작 당사자인 여자는 태연한 태도로 커피를 마시고 있다. 회장이 은발인 머리를 앞으로 살짝 내밀며 물었다.

"실례되는 질문이네만, 그 소개장을 써준 사람은 자네랑 어떤 관계인가? 편지엔 친구라고 쓰여 있지만 말일세."

"그러게요. 그렇게 쓰여 있군요."

그녀의 대답이 묘했다.

"친구가 아닌 건가?"

"친구 맞아요."

"나중에 베를린으로 온다고 했는데, 그게 언제인가? 그때까지 자네는 혼자서 기다려야 하는 건가?"

회장의 집요한 질문이 멈추질 않는다.

여자는 다 마신 잔을 테이블에 내려놓았다.

"정말 실례되는 질문이네요. 그래도 걱정해서 물어봐

주신 거라고 좋게 생각하겠습니다. 감사합니다."

가볍게 목례를 하고 나서 아무 설명도 하지 않은 채 여자는 테이블 위에 마르크 지폐를 놓고 조용히 일어나 카페를 나갔다.

3

우리 숙소는 호텔 아들론이었다. 아들론은 베를린 최고급 호텔이다.

금발과 갈색 머리 인파가 가득한 호화로운 로비 한구석에서, 검은 머리 남자 몇몇이 고시바 회장을 기다리고 있었다. 회장이 도착하자 회장에게 인사하고 연달아 명함을 내미는 그들은 일본 기업 주재원들이다. 요코하마 쇼킨 은행, 미쓰이 물산, 미쓰비시 상사, 오쿠라 상사, 그리고 오사카 매일신문.

샌프란시스코, 시카고, 뉴욕, 런던에서도 우리가 도착하면 어김없이 비슷한 광경이 펼쳐졌다.

주재원들과 호텔에서 식사한 뒤, 오후에는 쇼킨 은행 지점장의 안내로 외곽인 포츠담으로 드라이브를 갔다. 그날은 그렇게 저물었다. 날씨가 무척 맑아서 돌아오는 길에 지나친 숲과 호수 위로 보름달이 휘영청 빛나고 있었다.

다음 날도 날씨가 맑고 좋았다. 고시바 회장과 나는 베르트하임 백화점을 구경하느라 저녁 무렵까지 함께 있었다. 호큐전철은 오사카에서 백화점도 경영한다.

밤에는 데라모토 씨도 함께 저녁 식사 모임에 나갔다. 미쓰이 물산이 초대한 자리였다.

여행 내내 회계는 주로 데라모토 씨가 맡고, 나는 매일의 일정을 조정하는 역할을 맡았다. 베를린에 도착한 지 사흘째인 그날은 오전 중에 지멘스를 방문할 예정이었는데, 그쪽 회사의 담당 중역이 출장에서 아직 돌아오지 않았다는 것을 아침에 알게 되었다. 사전 연락에 착오가 있었던 것이다.

"죄송합니다."

내가 머리를 조아리자 회장은 음, 하고 씁쓸한 얼굴로 고개를 끄덕였다. 뭔가 다른 얘기가 더 나오지 않을까 싶었으나 그게 다였다.

회장은 사람을 잘 꾸짖는다. 나도 몇 번이나 잔소리를 들었고, 때로는 불호령을 받기도 했다. 그렇지만 무턱대고 화를 내지는 않기 때문에 모시기는 편했다.

"시간이 남는군. 잠깐 거리를 좀 걸을까."

회장은 산책을 나섰다. 데라모토 씨는 쇼킨 은행에 갈 일이 있다고 해 나 혼자 따라갔다. 호텔을 나와 운터덴 린덴 거리 오른쪽, 즉 동쪽으로 걷던 회장은 문득 마음이 바뀌었는지 반대로 되돌아가 브란덴부르크 문을 지나 서쪽으로 펼쳐진 녹지대를 향해 걸었다. 티어가르덴 대공원이다.

"유럽 건물들은 웅장해."

걸음을 멈추지 않으며 회장이 나에게 말했다.

"그런데 그런 거리만 보다 보니까 좀 답답하군. 나무랑 풀이 있는 곳을 걷고 싶어졌어."

울창한 수목 사이로 난 산책로를 한동안 걸으니 하천처럼 길쭉한 연못이 나왔다. 어디선가 새소리도 들린다. 벤치가 있기에 회장에게 물었다.

"잠시 쉬시겠습니까?"

"아직 괜찮네. 좀 더 가보지."

산책로는 연못에 붙었다가 떨어졌다 하면서 끝이 있나 싶을 정도로 길게 이어졌다. 중간중간 갈림길도 있고 교차로도 있다.

"넓군, 정말 넓어."

"슬슬 돌아갈까요?"

아무리 걸어도 숲, 연못, 숲이다. 그때 갑자기 회장이 무언가에 시선을 멈추더니 어라, 하고 중얼거렸다. 그 시선을 따라 나도 시선을 돌렸다.

연못가 벤치. 그곳에 등을 보이며 앉아 있는 자주색 모자를 쓴 여자.

"아사기 군, 저 아가씨는 지난번 그……."

"그런 것 같은데요."

안할트역에서 만난 그 아가씨였다. 회장과 나는 그렇게 생각했다.

"보고 오게."

"알겠습니다."

나는 잰걸음으로 벤치에 다가갔다. 앞으로 돌아가서 말을 걸려는 찰나, 고개를 들고 나를 쳐다본 여자는, 그녀가 아니었다. 유럽인이었다. 자세히 보니 머리카락이 검은색이 아니라 짙은 갈색이었다. 모자 색깔도 그 아가씨 것보다 좀 더 밝다.

수상하다는 듯 쳐다보는 여자에게 나는 머쓱한 표정으로 목례만 슬쩍 하고 회장이 있는 쪽으로 돌아갔다.

돌아가는 길에 회장과 이런 대화를 나눴다.

"어떻게 지내고 있을까, 그 아가씨. 가끔 생각이 나는

군."

"저도 그렇습니다."

"자네도 그런가? 그래서 우리 둘 다 그런 착각을 한 거구먼."

"일본에서 온다는 남자를 지금도 혼자서 기다리고 있을까요?"

"불안할 텐데 말이야."

"생판 모르는 남인데도 어쩐지 마음이 쓰이네요."

"숙소라도 물어봤어야 했나."

호텔에 도착한 뒤, 쇼킨 은행에서 돌아온 데라모토 씨가 점심 식사 자리에서 뜻밖의 소식을 들려주었다.

"아까 그 아가씨를 봤습니다. 그러니까, 그저께 만난 아가씨요. 소개장을 해석해 달라고 했던."

이런, 자네도인가? 하는 표정으로 데라모토 씨를 바라본 회장은 나와 눈을 마주치고 쓴웃음을 지었다. 하지만 이어진 데라모토 씨의 말에 회장과 나는 다시 한번 눈을 맞출 수밖에 없었다.

"브란덴부르크 문을 멍하니 올려다보고 있었습니다. 그래서 제가 다가가 말을 걸었죠. 뭘 하느냐고 물었더니, 시간을 때우고 있다고 하더라고요. 돈을 들이지 않고 시간을 오래 때울 수 있는 곳을 아느냐고 묻기에 박물관 섬에 가면 좋을 거라고 권했습니다."

"박물관 섬?"

회장이 되물었다.

"박물관과 미술관이 다섯 군데나 모여 있는 곳입니다. 여기서 동쪽으로 1킬로미터쯤 가면 있습니다. 파리의 시테섬처럼 강 한가운데에 있는 모래섬입니다."

이날 오후, 회장은 데라모토 씨를 동반해 일본대사관을 방문할 예정이었다.

"아사기 군, 자네는 오후에 뭘 할 건가?"

나는 호텔에 머물며 일본으로 부칠 연락 서류와 아내에게 보낼 편지를 쓸 심산이었는데, 회장의 의중을 읽고 이렇게 답했다.

"글쎄요. 급하게 해야 할 일은 없어서 저도 박물관 섬이나 한번 구경해 볼까 하는데요."

"그거 좋은 생각이군."

회장은 만족스럽다는 듯 고개를 끄덕였다.

4

구박물관, 신박물관, 국립미술관, 페르가몬 박물관, 카이저 빌헬름 박물관. 박물관 섬은 남쪽부터 훑어가면 거의 이 순서로 박물관이 늘어서 있었다.

데라모토 씨의 말로는 어느 전시관이든 세계적인 역사 유산과 미술품을 전시하고 있다는데, 나는 그런 것들에는 눈길도 주지 않고 오로지 여자의 모습을 찾아 빠른 걸음으로 각 전시관을 돌아다녔다.

그리고 마침내 찾았다. 네 번째로 들어간 페르가몬 박물관에서였다.

여자는 계단에 앉아 있었다.

천장이 높고 널따란 전시실에 만들어진, 그리스 신전의 일부처럼 웅장하고 하얀 대리석 계단. 좌우 폭이 넓고, 서른 개 가까이 될 법한 돌계단 중간쯤에 앉아서 자주색 모자를 무릎에 두고 뭔가 생각할 거리라도 있는 것처럼 고개를 숙이고 있었다.

계단 제일 윗부분에는 원기둥이 늘어서 있다. 양 날개쪽으로 회랑이 발코니처럼 앞으로 튀어나와 있고, 그걸 받치는 토대의 벽면에 사람이나 말 등의 부조가 새겨져 있다.

높은 회랑 사이에 있는 그 계단은 관람객이 앉아도 되는 모양인지 그녀 말고도 몇 명이 더 앉아 있었다.

계단을 올라 여자가 앉아 있는 곳에서 몇 계단 아래에서 멈춘 뒤 말을 걸었다.

"쉬는 중인가요?"

여자는 내리깔았던 눈을 올려 뜨고 가볍게 목례를 했다. 특별히 놀란 기색은 없었다. 역시나 태연한 태도다.

오히려 내가 흠칫 놀랐다. 그녀의 눈빛 때문이었다. 야성미가 깃든 날카로운 눈빛. 조용조용한 태도와 어딘가 어울리지 않는 조합. 이미 알고 있는데도 새삼스러웠다.

나는 우연히 재회한 것처럼 가장할까 했지만 그건 아무래도 부자연스러울 것 같았다.

"동료한테 당신을 만났다고 들었어요. 여길 추천했다기에 나도 한번 와봤어요."

여자가 고개를 살짝 끄덕였다. 나를 어떻게 대해야 좋을지 정하지 못한 눈치다. 나는 그녀 옆에 앉고 싶었지만, 뻔뻔한 행동처럼 보일까 봐 주저했다.

"뭐 인상에 남는 전시물이 있었습니까?"

앞에 선 채로 이렇게 물었다.

"네, 온통 다 신기해요."

그녀가 대답하면서 전투 장면을 묘사한 계단 옆의 부조로 눈길을 돌렸다. 지난번 카페에서도 생각했지만, 옆모습이 유난히 아름답다. 그렇게 느끼는 것은 정면에서 볼 때와 달리 그녀의 강렬한 눈빛에 압도되지 않고 바라볼 수 있기 때문이 아닐까. 말없이 조용히 지켜보고 싶은 애절한 매력을 지닌 옆모습이다.

그러나 그녀는 그 얼굴을 곧장 원래대로 돌리고 옆머리를 매만졌다.

"그런데 잘 모르겠어요. 역사를 잘 알면 훨씬 더 재밌게 즐길 수 있을 텐데."

그러고는 모자를 쓰고 일어섰다. 그러자 코트 자락과 함께 무릎 위에서 얇은 인쇄물이 팔랑이며 계단 위로 떨어졌다. 내가 그것을 주워서 여자에게 건넸다. 영문판 안내 팸플릿이다.

계단을 내려가는 그녀를 따라 나도 발을 놀렸다.

"웅장하고 아름다운 계단이네요. 그리스 건가?"

"소아시아 것이라고 해요. 페르가몬이라는 고대 도시에 있던 제우스의 대제단을 그대로 옮겨와 복원했다고, 여기 적혀 있어요."

"그래서 페르가몬 박물관이라는 이름이 붙은 건가요?" 하면서 나는 자연스럽게 그녀와 나란히 걸어가려고 다가

갔다.

"저기, 좀 피곤해서 먼저 실례하겠습니다."

그녀가 한두 걸음 물러선 자리에서 데면데면하게 인사하고는 떠나려 했다.

나는 맥이 빠졌다. 하지만 붙들 수는 없었다. 여자의 태도에서 그렇게 따를 수밖에 없는 분위기가 묻어났다. 다만 급히 이 말을 전하는 것은 잊지 않았다.

"혹시 당신을 만나게 되면 저녁 식사에 초대하라는 보스의 분부가 있었거든요. 호텔 아들론입니다. 프런트에 내 이름을 대세요. 아사기라고 합니다."

여자는 미간을 살짝 찌푸릴 뿐 아무 말이 없었다.

나는 덧붙였다.

"실례되는 질문은 삼갈 테니 부담 없이 와줬으면 좋겠다고 하셨어요."

"고맙습니다. 하지만⋯⋯."

"폐가 되지 않는다면, 꼭 오세요. 여섯 시쯤 어떠세요?"

여자는 잠깐 시선을 다른 곳에 돌리며 뜸을 들이더니 이내 입을 열었다.

"말씀은 고맙지만 찾아뵙진 못하겠습니다."

인사치레나 주저함이 아니라 애초에 그럴 마음이 전혀 없음을 숨기지 않은 표정이었다.

"그렇군요."

나도 더는 집요하게 굴지 않기로 했다.

"그럼 이만 가보겠습니다."

그녀는 한 번 더 인사를 하고 자리에서 벗어났다.

여자를 찾아 헤맨 피로감만을 안고 나는 호텔로 돌아왔다.

"자네, 소속을 백화점 쪽으로 옮길 생각을 해본 적 있나?"

회장이 내게 물었다.

"아뇨, 없습니다."

"그것 참 다행일세. 자네는 백화점으로는 절대 못 보내겠어. 백화점 주요 고객은 여성이거든. 자네가 여자한테 이 정도로 서투른 줄은 몰랐네. 그러면서 잘도 그런 규수를 얻었구먼. 중매쟁이가 어지간히 애를 썼겠어."

회장에게 신랄한 조롱을 당했다. 여자가 묵는 숙소조차 물어보지 못했다는 것 또한 몹시 불만스러운 기색이었다.

여행 내내 고시바 회장에게는 일본에서 빈번하게 전보가 온다. 알파벳으로 쓰인 글을 일본어 문장으로 바꿔, 읽기 쉽도록 고치는 것도 내가 할 일이다.

그날도 고쳐 쓴 세 통의 전보를 들고 회장이 묵는 방으로 가자, 오쿠라 상사의 쓰루자키란 남자가 와 있었다. 쓰루자키가 회장에게 맛있기로 유명한 중화요릿집으로 안내하고 싶다는 얘기를 하던 중이었다.

"좋지."

회장도 흔쾌히 응했다.

"마침 서양 요리에 질린 참이었네. 게다가 오늘 저녁은 아무 일정도 없고, 내가 초대하려던 상대에게는 거절당했으니."

"네?"

쓰루자키가 놀라서 묻는다.

"어떤 사람인데요? 나치스 각료라도 됩니까?"

회장은 쓸쓸하게 웃으며 답하지 않았다.

그러나 자동차를 타고 간 그 식당은 우리가 도착하기 직전에 주방에서 난 작은 화재로 소방차가 출동하는 바람에 식사가 불가능한 상태였다.

"아쉽군. 내 배 속은 완전히 중화요리를 맞이할 준비를 하고 있었는데."

회장은 농담처럼 말했지만 정말로 낙담한 듯했다.

"그럼 다른 식당으로 갈까요?"

데라모토 씨가 제안했다.

"유학생 시절에 자주 갔던 중화요릿집이 있습니다. 고급 식당은 아니지만 맛은 끝내줍니다."

"아, 혹시 양귀루 말씀하시는 거 아닙니까?"

쓰루자키가 물었다.

"맞아요, 양귀루."

"네, 거기 맛있죠. 값도 싸고. 지금도 유학생들한테 인기가 있는 모양이에요. 저희도 젊은 사람들끼리 있을 때는 거기서 자주 먹습니다."

"좋아, 거기로 결정하세."

회장이 고개를 끄덕였다.

생각보다 큰 식당이었다. 1층은 만석이라 2층으로 안내를 받았다. 식당 직원 뒤를 따라 일행 중 가장 앞장서서 계단을 올라간 고시바 회장이 2층 플로어를 대여섯 걸음 걷다가 멈춰 섰다. 뒤따라 걷던 우리도 똑같이 멈췄다.

회장이 멈춰 선 이유를, 나와 데라모토 씨는 금세 알아
차렸다.

웅성거리는 독일어 대화가 난무하는 실내, 붉은색을
도드라지게 사용한 기둥과 벽면, 그 안쪽 구석에 자리한
작은 테이블에 그녀가 혼자 앉아 있었다. 뒤에서 보기에
는 비스듬한 각도였지만 틀림없었다. 목 뒤로 머리카락
을 묶은 검은색 리본. 모자와 코트는 벗고 있었고, 검정
스웨터를 입은 상체를 꼿꼿이 세운 채 벽에 걸린 자수 그
림을 바라보고 있는 듯했다. 요리는 아직 나오지 않았는
지 테이블에 아무것도 없었다.

중국인 직원이 멈춰 선 우리를 돌아보며 손짓했다. 곧
이어 커다란 원형 테이블로 우리를 안내했다. 회장이 먼
저 원형 테이블로 가서 앉았다. 여자에게 말을 걸지 않을
까 싶었지만, 그러지 않았다. 모두가 자리에 앉고 데라모
토 씨가 메뉴를 보는 사이, 나는 여자 쪽을 힐끗 돌아봤
다. 그러자 옆에 있던 쓰루자키도 궁금했는지 몸을 틀어
뒤를 보며 말했다.

"아무래도 저 아가씨도 일본인 같은데요. 유학생인
가?"

"아니, 그건 아닌 것 같아."

회장의 대답에 쓰루자키가 몸을 바로 돌려 회장을 바

라보며 물었다.

"아시는 분인가요?"

"아니, 잘 모르네."

회장이 짧게 대답했다.

"이쪽으로 오라고 해볼까요?"

종합상사에 다니는 회사원의 기질인지 쓰루자키는 행동이 빠르다. 회장의 승낙을 기다리지도 않고 냉큼 일어나 여자가 앉아 있는 테이블로 다가갔다. "소용없네"라는 회장의 중얼거림은 쓰루자키의 등까지 닿지 않았다.

이때까지만 해도 회장은 이제 그녀를 신경 쓰지 않고 가만히 내버려둘 요량인 듯했다. 그런데 쓰루자키가 대체 어떻게 설득했는지 그녀를 우리 테이블에 데려왔다.

그 모습을 본 회장이 약간 어이없다는 표정을 지으며 쓰루자키에게 말했다.

"자네, 오쿠라 상사에서 잘리면 우리 백화점으로 오게."

"네, 감사합니다."

쓰루자키는 대답은 그렇게 하면서도 왜 그런 말을 듣게 된 건지 영문을 모르겠다는 얼굴이었다.

여자는 이 자리가 썩 편해 보이지 않았다. 집요하게 권하는 바람에 계속 거절하기가 귀찮아서 온 듯한 눈치였다.

여자는 고시바 회장의 옆자리에 앉게 됐고, 그녀를 사이에 두고 쓰루자키가 앉았다.

"아이다 마치코 양이네."

회장이 쓰루자키에게 소개했다.

"무슨 한자를 써요?"

쓰루자키의 물음에 그녀가 답하면서, 우리도 이때 처음 그녀의 이름이 어떤 한자인지 알게 되었다. 쓰루자키가 신변에 관한 질문을 잇달아 던지자 아이다 마치코가 이건 약속 위반 아니냐는 눈빛으로 회장과 나를 쳐다봤다. 회장이 쓰루자키를 제지했다.

"우리가 어디서 온 누구라는 게 피차 무슨 상관이 있겠나. 고국을 멀리 떠나 이런 곳에서 우연히 만나 같은 테이블에 둘러앉은 이 순간을 즐기면 되는 거 아니겠나."

"그렇죠."

쓰루자키가 동의하면서도 뭔가 석연치 않아 하는 게 느껴졌다.

우리는 코트를 반으로 접어 의자 등받이에 걸어놓고, 등받이 위쪽 끝의 모서리처럼 튀어나온 부분에 모자를 걸었다. 이 식당에서는 다들 그렇게 하는 것 같다.

"무심코 벽면의 고리에 걸었다가 한순간에 사라지기도 하니까요"라며 데라모토 씨가 살짝 웃었다.

아이다 마치코도 예의 그 자주색 모자를 등받이 모서리에 걸었다. 보통 여자들은 식당 안에서도 모자를 벗지 않는데, 이때 그녀는 예외였다.

"그 모자 색깔."

회장이 입을 열었다.

"우리 전차의 차체 색깔이랑 똑같네."

"그러고 보니 그러네요."

나도 고개를 끄덕이며 아이다 마치코에게 물었다.

"간사이의 호큐전철입니다. 타본 적 있으세요?"

"아뇨."

관심도 없다는 듯 고개를 젓는다.

"간사이엔 가본 적이 없어서."

요리가 나오고 나서도 분위기가 영 누그러지지 않자, 쓰루자키는 그녀를 억지로 데려온 것을 후회하는 듯했다. 그래도 어떻게든 화제를 짜내려는 심산인지 입을 열어 회장에게 질문했다.

"베를린에는 언제까지 머무실 예정입니까?"

"일단은 내일 밤에 떠나네. 소비에트 연방에 갔다가 다시 올 예정이야."

"소련이요?"

"모스크바에 갔다가 그다음에 우크라이나로 가서 발

전소를 볼 걸세."

"세계에서 규모가 가장 큰 발전소가 있거든요." 하고 도쿄전등 사원인 데라모토 씨가 덧붙여 설명했다.

"열차로 하는 긴 여정이 되겠네요. 아무쪼록 건강 해치지 않도록 조심하십쇼."

염려하는 쓰루자키에게 회장이 웃으며 "침대차는 이제 익숙하네." 하고 늘 하던 말로 대꾸했다.

"도쿄와 오사카를 하도 자주 왕복해서 열차에서 자는 건 하나도 힘들지 않아."

"동쪽과 서쪽에서 큰 회사를 두 개나 통솔하고 계시니 왔다 갔다 하는 게 꽤 어려우시겠어요."

"평일엔 도쿄에서 일하고 일요일에 가끔 오사카로 돌아가서 거기서 할 일을 처리하지. 편도 아홉 시간 동안 침대차에서 푹 자. 전화도 없고, 오는 손님도 없고. 정말로 마음이 편해. 자리가 비좁다느니 흔들림이 있다느니 그런 건 신경 쓰이지 않네. 내가 원래 고슈 촌놈이라 자네들처럼 예민하지가 않아."

"가족분들은 어디 계십니까? 도쿄? 오사카?"

"전부 오사카에 있네."

"그럼 도쿄에서는 혼자 지내시는 겁니까?"

"그렇네."

"오사카에 가지 않는 휴일은 어떻게 보내세요?"

질문은 끝날 기미 없이 계속 이어졌다.

"자네도 어지간히 집요하구먼."

회장은 자신을 닮은 쓰루자키의 성격이 재밌는지 웃음을 터뜨렸다.

"음, 어디 보자. 찾아오는 손님이 없는 날엔 주로 책을 읽지."

"독서를 하시는군요."

"그래봤자 하루 종일 침대에서 뒹굴거리면서 읽다가 중간에 졸기도 했다가 꽤 게으름을 피우는 거지만. 회사에서 땍땍거리고 야단치는 모습만 본 사람은 내가 휴일에 그렇게 늘어져 있는 걸 보면 분명 깜짝 놀랄 걸세."

"느긋하게 쉬시는 것도 물론 필요하지만, 휴일에 혼자 계시면 적적하지 않으세요?"

"그렇지도 않아. 난 손주들 재롱에 헤벌쭉거리며 좋아하는 할아버지도 아니고. 오히려 여학교 다니는 손녀들을 만나면 요즘 그 애들이 희한한 말을 써대는 바람에 말문이 막히는 지경이야."

"희한한 말이라뇨?"

"'당연하지'를 '당근'이라 하거나 '재미있다'를 '잼있다'라고 하는 정도면 금방 알아듣겠는데, '사촌 누구누구는

루트 8이야'라고 하는데 무슨 말인지 당최 모르겠어."

"루트 8? 그게 무슨 뜻입니까?"

"2.828. 즉 히죽히죽 웃고 있다, 히죽거린다는 뜻인 모양이야(일본어로 2와 8을 발음하는 방식에 따라 '니야니야ニヤニヤ', 즉 '히죽히죽'과 같은 뜻으로 읽을 수 있다)."

"아하하, 제법인데요."

"자기 아버지는 '사이노로지'라고 하더라고."

"네?"

"공처가를 그렇게 부른다더군('사이'는 아내, '노로'는 꼼짝 못 하다, '지'는 아저씨를 의미한다)."

"과연!"

"지금도 이해가 안 되는 말이 '이심전심'이야. '나는 나중에 꼭 이심전심으로 갈 거야'라는 말을 들었는데, 자네들 혹시 그게 무슨 뜻인지 아나?"

설마 우리가 아는 '이심전심以心傳心'이려나? 쓰루자키뿐만 아니라 데라모토 씨와 나도 고개를 갸웃거렸다. 그러자 그때까지 조용히 있던 아이다 마치코가 역시나 무표정한 얼굴로 말문을 열어 알려주었다.

"연애결혼이란 뜻이에요. 서로 생각하고 서로 좋아한다는 것을 이심전심이라고 해요."

"그런 건가? 고맙네. 궁금증이 풀렸어."

회장은 드디어 알게 되어 후련하다는 듯 고개를 끄덕이며 말했다.

"그러니까 중매결혼은 안 할 거다, 연애결혼을 하고 싶다고 한 거였구먼."

그러고는 아이다 마치코에게 물었다.

"자네도 여학교 시절에, 그래봤자 바로 얼마 전이겠지만, 역시 그런 말을 썼나?"

그녀는 입으로 가져가려던 젓가락을 내려놓고 답했다.

"네, 썼죠. 그런 걸 재미있어 하는 때가 있잖아요."

먼 과거를 회상하는 듯한 어조였다.

"뭐, 요상한 말을 쓰는 정도는 애교로 봐주겠지만……."

하며 쓰루자키가 갑자기 한숨을 내뱉는다.

"요즘 일본 여학생들, 문제가 심각하잖아요. 아니, 일본에서 오는 신문을 보면 말도 안 되는 기사뿐이라 기가 막힙니다. 불순한 교제니 치정 사건이니, 풍기 문란을 도저히 눈 뜨고 볼 수가 없어요. 부모들은 대체 뭘 하고 있느냐고 묻고 싶다니까요. 독일의 젊은이들과는 너무 다릅니다. 여기 애들은 대단해요. 히틀러 청소년단, 소녀 연맹도 훌륭합니다. 엄격한 훈육과 국가 차원의 교육 덕분에 이상적인 청소년이 자라고 있어요. 일본도 꼭 이걸 본보기 삼아야 합니다. 나치스에 정권을 부여한 독일인은 역시 우수한 민족이에요."

열변을 토하는 쓰루자키에게 회장은 잠시 뜸을 들였다가 조심스레 말했다. 평상시 그의 지론이었다.

"물론 나치스 정권에도 훌륭한 점이 몇 가지는 있다고 생각하네. 하지만 지나친 통제와 관리에 난 좀 의문을 품고 있어."

회장이 목소리를 약간 낮추면서 말을 이었다.

"이 나라에는 국가에 반역하는 자는 사형에 처한다는 법이 있다는데, 그 반역의 정의라는 것이 아무래도 불분명하지 않은가. 결국은 나치스에 반대하는 자가 곧 반역자일 수밖에 없을 걸세. 시끄럽게 군 녀석은 모조리 처형하고 있다는 말이야. 이걸 법치국가라고 불러도 될지 좀 염려스럽네. 공포로 국민을 통제하고 관리하면 국가의 미래는 점점 어둡고 참담해질 테니까."

"비관적으로 보시는군요."

쓰루자키가 눈을 내리깔며 말했다.

"하지만 실망할 필요는 없네. 내가 어떻게 생각하는지 상관없이 일본도 머지않아 독일처럼 될 테니까. 아니 이미 그렇게 되고 있지. 자네의 희망은 반드시 이루어질 걸세."

그렇게 말하고는 회장은 음식의 국물을 떠 입에 넣다

가 사레들렸는지 기침을 했다. 그러자 그때 아이다 마치코의 손이 옆자리에서 쑥 나오더니 회장의 등을 쓸어내렸다.

"음, 괜찮아. 고맙네."

회장이 말하자 그녀는 손을 거두고 다시 아무 일도 없었다는 듯 묵묵히 식사를 계속했다. 마치 평소에 친밀하게 지내는 할아버지를 대하듯 일상적이고 몸에 밴 자연스러운 행동이었다. 데라모토 씨와 나는 얼떨결에 눈을 마주쳤다.

그녀의 행동에서 알랑거리는 듯한 기색은 조금도 느껴지지 않았다. 그렇다고 망설이거나 주저하지도 않았기에 여성스러운 배려라기보다는 오히려 거칠다는 느낌마저 줄 정도로 두려움이나 거리낌이 없는 행동이었다.

회장 자신도 마냥 고맙다고 하기에는, 좋고 싫고가 뒤섞인 듯한 미묘한 표정으로 그녀를 봤다가 그 아름다운 옆모습을 살피는 사이 호감이 우위를 점한 모양인지 "고맙네." 하고 다시 한번 마음을 표했다.

다음 날, 나는 열이 났다. 필시 피로가 누적된 데다 감기에 걸린 것일 테니 며칠 쉬면 회복할 거라고 독일인 의사가 진단했다. 회장은 내게 베를린에서 쉬면서 심신을 안정하라고 명하고, 러시아어 통역사와 데라모토 씨만 데리고 소련으로 시찰을 떠났다.

6

나흘째 되던 날, 몸이 거의 회복되어 오후에 산책이라도 갈까 하던 참에 고시바 회장으로부터 국제전화가 걸려왔다.

"몸은 좀 어떤가?"

"네, 완전히 좋아졌습니다. 걱정 끼쳐서 죄송합니다."

일부러 모스크바에서 안부 전화를 준 것이 감격스러웠으나 회장의 용건은 그게 아니었다.

"그래? 그럼 곧장 대사관으로 가게. 그리고 영사관 직원과 같이 게슈타포(나치스 비밀 국가 경찰) 본부로 가게나."

"네?" 하고 나도 모르게 되물었다. 게슈타포 본부에?

"그 아가씨가, 그러니까 아이다 마치코 양이 거기에 구류되어 있다고 하네. 하마오 상무관한테 지금 이쪽으로 전화가 왔어. 아이다 마치코라는 아가씨를 아느냐고, 오쿠라 상사의 쓰루자키 말로는 그녀가 당신과 아는 사이라는데 그게 사실이냐고 묻더군."

"그녀가 무슨 일을 저질렀습니까?"

"독일법에 반하는 행위를 했다고 해. '인종 모욕죄'라는 죄에 가담했다는데."

"네?"

처음 들어보는 죄명이다.

"대사관에선 아이다 마치코가 나와 아는 사이라 듣고 확인차 전화를 한 건데, 내가 그렇다고 대답했네. 지인이라고 했지. 영사관 직원이 앞으로 신병 인수 교섭을 하러 간다고 하는군. 자네도 동행하게나."

그길로 일본대사관으로 달려간 나는 하마오 상무관으로부터 자세한 경위를 들었다.

"한 달 전에 '순혈 보호법'이라는 법이 공포됐거든요."

하마오 상무관이 설명했다.

"이 법은 유대인과 독일인의 결혼을 금지하는 법률인데, 결혼까지 가지 않더라도 성관계를 한 것만으로도 죄가 됩니다. 특히 유대인 남자가 독일인 여자랑 관계한 경우에는 중죄죠. '인종 모욕죄'에다 '민족 가해죄'까지 더해져 그 남자는 사형입니다."

"무서운 법이네요."

놀라움을 금치 못하며 나는 계속 설명해 달라고 했다.

"그래서 그녀가 구체적으로 무엇을 했다는 거죠?"

"그 연인 사이라는 남녀를 숨겨준 모양입니다. 남자는 유대인이고 여자는 독일인이거든요. 게슈타포가 영사관으로 전화해 말해준 내용에 따르면 그녀가 머무는 호텔 옆방에 그 남녀가 묵고 있었답니다. 그런데 누군가 밀고한 사람이 있었는지, 신고를 받은 게슈타포가 호텔로 들이닥쳤는데 이미 달아난 뒤였습니다. 그 남녀는 이틀 뒤에 각자 다른 장소에서 체포됐는데, 심문당하는 중에 옆방 여자가 숨겨줬다는 걸 자백했다고 합니다."

"그녀는 그저 숨겨주기만 한 거네요?"

내 말투가 가볍게 들렸는지, 하마오 상무관은 눈썹을 찌푸렸다.

"이런 법을 어떻게 생각하는지와는 별개로, 이 나라에 체류하는 이상 거기에 따라야 하는 것은 당연합니다. 그녀의 행동은 경솔했다고 볼 수밖에 없습니다."

"그 여자는 독일어를 모릅니다. 그런 법이 있다는 걸 모르지 않았을까요?"

"어쨌든 스야마 영사관보가 지금 게슈타포로 갈 겁니다."

"저도 같이 갈 수 있을까요?"

"네, 고시바 회장님이 요청하셨으니, 스야마 영사관보에게도 전달해 두겠습니다."

게슈타포 본부는 거무스름한 회색 외벽이 딱 보기에도 음울한 인상을 주는 5층짜리 예스러운 건물이었다. 현관에는 물론 갈고리 십자가 깃발이 펄럭였다.

"게슈타포는 일반 경찰과는 달리 나치스 친위대 소속이에요."

스야마 영사관보로부터 자동차 안에서 들은 설명처럼, 거리에서 마주치는 경찰들과는 확연히 다른 특이한 제복을 입은 남자들이 현관을 들락거렸다. 이마에 은색 해골 문양이 달린 검정 모자, 검정 상의, 검정 넥타이, 권총을 장착한 검정 벨트, 검정 승마 바지, 그리고 검정 가죽 부츠. 온통 검은색뿐이다. 그래서인지 왼쪽 팔에 두른 갈고리 십자가 완장의 붉은색이 한층 더 선명하고 강렬했다.

안으로 들어가자 사복을 입은 남자들도 복도를 지나다니고 있었다. 하나같이 눈빛이 사나운 그들이 스치기만 해도 쏴버릴 것처럼 우리를 힐끗 쳐다봤다.

"형사부 부장을 만날 겁니다."

나에게 속삭인 후, 스야마 영사관보는 방문자 창구 직원에게 독일어로 안내를 요청했다.

금발을 올백으로 말끔하게 넘긴 사복 차림의 중년 남자가 우리를 맞이했다. 그가 형사부장인 모양이다. 무색에 가까운 회색 눈동자, 독일인에게 자주 보이는 붉은 코, 두툼한 볼살, 다부져 보이는 턱, 책상 위에서 깍지 낀 두꺼운 손가락. 독일어를 모르는 나는 그 모습을 말없이 관찰했다.

형사부장은 줄곧 떨떠름한 표정을 짓고 있었지만, 적대감은 느껴지지 않았다.

이윽고 스야마 영사관보가 나에게 요점을 통역해 주었다.

"법에 대해 마치코 양도 알고 있었다고 합니다. 유대인 남자가 영어로 이야기했대요. 그러니까, 알면서도 숨겨 준 거죠. 게다가 그 연인이 호텔에서 도주할 때, 심야였다는데, 그때 마치코 양이 망도 봐주고 손짓을 하면서 도와줬다고 합니다."

"그래요?"

"대단히 심각한 행위이긴 하지만, 게슈타포로선 우방국의 여성에게 엄중한 처벌을 내리는 건 삼가고 싶다, 이번에만 특별히, 불문에 부치기로 했으니 영사부와 후견인의 감독과 지도에 맡기겠다, 그렇게 형사부장이 말하고 있습니다."

그 말을 통역하는 스야마 자신도 안도한 표정이다.

"마치코 양이 있는 곳으로 안내한다고 합니다. 비서실

에서 기다리고 있다고 합니다."

기가 푹 죽어 고개를 숙이고 앉아 있는 모습을 상상했는데, 아이다 마치코는 비서실 창가에 기대어 팔짱을 끼고 먼 하늘을 보고 있었다.

예의 그 양귀루에서 그리 멀지 않은 중급 호텔이 그녀의 숙소였다.

"도와주셔서 감사합니다." 하며 아이다 마치코는 호텔로 바래다주는 택시 안에서 나지막이 인사했다.

"잘 안다고 할 정도의 사이도 아닌데, 이렇게 신경을 써주셨네요. 덕분에 살았습니다."

나는 이번 일에 관해서 그녀에게 아무것도 묻지 않았다. 그녀도 얘기하지 않았다. 게슈타포에서 들은 이야기만으로 충분했으며 체포된 연인의 운명도 이미 정해졌다. 그 이상의 것을 듣는다고 해도, 또 얘기한다고 해서 달라지는 건 없다.

"나중에 온다던 남자분은 일본에서 출발했습니까? 아니면 아직?"

내가 궁금한 건 그것이었다. 어쨌든 아직 도착하지 않은 것만큼은 분명한 듯하다.

"좀 늦겠다는 전보가 왔어요."

"얼마나요?"

"모르겠어요."

그녀는 모자를 벗고 손가락을 빗 삼아 머리를 쓸어내렸다. 오늘은 리본으로 머리를 묶지 않았다.

"그 사람과 어떤 관계인지, 지난번에 보스가 물었을 때 대답을 안 했죠."

"알아서 뭐 하시게요?"

그렇게 대꾸하고는 손에 든 모자의 차양만 의미 없이 만지작거린다.

"아니, 딱히 어떻게 한다는 건 아니지만."

"그럼 묻지 말아주세요."

그녀는 담담한 어조로 거부했다.

어느새 해가 저물고 거리엔 비가 내리고 있었다. 택시에서 내리자, 비에 젖은 포장도로가 가로등 불빛에 비쳐 반짝거렸다.

"남한테 신세 지는 걸 별로 안 좋아하는 성격인 것 같지만 보스도 도와주라고 하셨으니 혹시 무슨 일 있으면 전화 주세요."

"감사합니다. 그래도 앞으로는 이런 일 없도록 얌전히 지낼게요."

그녀는 가볍게 인사하고 호텔 현관 안으로 사라졌다.

숙소로 돌아온 나는 모스크바에 있는 고시바 회장에게 전화했다. 회장은 소식을 몹시 기다리고 있었다는 목소리로 "어떻게 됐나?" 하고 물었다.

"순순히 석방해 줬습니다."

나는 게슈타포의 이야기를 전부 전했다.

숨겨주었을 뿐 아니라 도망가는 걸 돕기까지 했다는 걸 듣고, 회장은 "저런저런." 하고 중얼거렸다.

"그래도 뭐, 어쨌든 다행이네. 그래서, 그 아가씨는 어떤가?"

"태연하던데요. 새파랗게 질려 떨고 있는 건 아닐까 걱정했는데, 딱히 그런 모습은 없었습니다. 평소대로였어요."

잠깐의 침묵 후, 회장이 웃음을 흘렸다. 안도, 어이없음, 그리고 또 하나, 감탄이 섞인 웃음처럼 들렸다.

7

다음 날 오랜만에 아내에게 편지를 쓰고 나서 여행 일지를 정리했다. 일지를 쓰는 건 고시바 회장의 습관을 본받은 것인데, 휘갈겨 쓴 단편적인 메모도 많고 시간이 지나면 스스로도 의미를 알 수 없게 되므로 기억이 흐려지기 전에 정리하기로 한 것이다. 각지에서 면담, 교류, 회식을 한 상대의 이름까지 하나하나 자세히 기입해 두었다.

일지를 다시 읽어보다가 문득 생각했다. 아이다 마치코의 일도 이 일지에 적어야 하나, 아니면 생략해야 하나. 그녀와의 관계는 이번 시찰 여행의 목적이나 성과와는 아무 관련이 없다. 순전히 여담일 뿐이다. 그런 내용까지 이 일지에 기록할 필요가 있을까.

고민하던 차에 미쓰이 물산의 주재원으로부터 전화가 왔다. 고시바 회장을 따라가지 못하고 홀로 남아 시간을 주체하지 못하고 있을 나를, 각 회사의 젊은 주재원들이 모여 위로해 준다고 했다. 그런 명목으로 먹고 마시려는 것이겠지만, 나는 그 제의를 수락하고 모임에 얼굴을 비쳤다.

레스토랑에서 식사한 뒤, 캬바레에 따라가게 됐다. 그들의 단골 가게라는 그곳에는 아름다운 무희가 많았다. 어지간히 자주 다녔는지 여자들의 서비스도 좋고 분위기도 좋아서 춤추느라 흥분한 일행과 함께 나도 늦은 시간까지 즐겼다.

호텔로 돌아오자, 프런트에 누군가 내 앞으로 맡겨둔 물건이 있었다. 종이로 포장된 자그마한 꾸러미. 동봉된

카드에 일본어로 이렇게 적혀 있었다.

'괜찮다면, 드셔보세요. 아이다 마치코.'

꾸러미 안에 든 것은 유리병에 든 매실 절임이었다. 그러고 보니 생각이 났다, 지난번 양귀루에서 식사할 때 내가 했던 말이.

"저는 일본 음식이 없으면 못 사는 인간은 아닙니다만, 이렇게 오랫동안 외국에 있으니 느닷없이 고향 음식이 막 당길 때가 있어요. 이를테면 매실 절임 같은 거요. 그런 걸 특별히 좋아하지도 싫어하지도 않는데, 어제 어떤 계기로 매실 절임이 떠오른 후로 갑자기 몹시 먹고 싶더라고요."

아이다 마치코가 그 말을 기억하고 있었던 모양이다. 이 매실 절임은 그녀가 일본에서 가져온 것이 틀림없다. 그중 몇 알을 나눠준 것이겠지. 아니면 남은 것 전부를 양보해 준 것일지도. 어쨌든 어제 일에 대한 답례, 혹은 사과의 표시임이 분명하다.

다음 날 아침, 그녀가 묵는 호텔에 전화를 걸어 감사의 말을 전했다.

"귀중한 선물을 줘서 고마워요. 잘 먹을게요."

"별거 아닌데요."

웬일인지 그녀의 목소리에서 살짝 웃음기가 느껴졌는

데, 내 기분 탓인 것 같기도 했다.

그러고는 열흘 후의 일이다. "저, 귀국하기로 했어요." 하고 마치코가 전화로 알려 왔다.

"여러모로 감사했습니다. 사장님, 아니 회장님이었나요? 그분께도 모쪼록 안부 인사 전해주세요."

"아, 일본으로 돌아가는 건가요? 그러면…… 그 남자는 안 오는 거예요?"

"네, 안 온대요."

대답이 곧장 돌아왔다.

목소리가 다소 딱딱하다. 화라도 참고 있는 것일까.

"이유를 물어봐도 얘기 안 해줄 거죠?"

"네."

"그렇군요."

"그럼, 끊겠습니다."

며칠 후, 베를린으로 돌아와 그녀의 귀국 사실을 알게 된 고시바 회장은 언짢은 것까지는 아니지만 어딘가 허탈해 보이는 표정을 지었다. 마침 데라모토 씨의 장남이 태어났다는 전보가 일본에서 도착했는데, 축하 인사를 하면서도 회장은 불쑥 한숨을 내쉬었다.

III

롯코산

1952년 여름〔2〕

1

7월 27일 일요일 맑음

롯코산 호텔에서 고시바 회장님을 만났다.

호큐를 세우고 이끈 대단한 사업가라 긴장됐다.

롯코산에 온 지 사흘째 되던 날, 나는 아사기 아저씨를
따라 고시바 이치조 회장님을 만나러 갔다. 가즈히코도
함께였다.

아사기 아저씨는 우리 아버지보다 두 살 적은 마흔일
곱 살이었는데, 얼굴과 체격이 탄탄해서인지 나이보다
젊어 보인다. 가즈히코 부모님은 두 분 다 우리 부모님보
다 훨씬 생기발랄하다. 사이도 좋아 보였는데, 그래서 더

밝은 모습인 걸까. 우리 부모님은 종종 티격태격해서 형과 내가 마음을 졸일 때가 있다.

그런 생각을 하면서 걷고 있는데 아저씨가 내게 말했다.

"호큐전철은 처음엔 아주 영세한 회사였어. 그걸 고시바 회장님이 끊임없이 독창적인 방법을 고안해 내면서 거의 혼자 이렇게 크게 키워내신 거지."

호큐는 밭과 공터뿐이던 선로 변에 널찍한 주택가를 조성해 오사카에서 사람들이 이주하게끔 만들어 전차 승객을 늘려갔다. 그리고 호큐선의 종점인 다카라즈카. 이곳은 아리마 같은 유명 온천지와는 비교도 안 되는 조그만 온천지에 불과했는데, 소녀 가극단을 양성해서 관객을 끌어들였다. 그리고 오사카 시발역인 우메다에 세계 최초로 터미널 백화점을 만들었다.

이 이야기는, 사실 처음 듣는 이야기는 아니었다. 아버지한테도 들었으니까. 아버지는 호큐 사람은 아니지만, 전쟁 전 고시바 회장님이 당시엔 도쿄전등이라는 이름이었던 도쿄전력의 사장을 겸임했을 시기에 부하 직원이었기 때문에 회장님에 대해서 잘 알고 있었다.

"일본의 민영 철도는 죄다 고시바 회장님을 따라 했지."

아버지는 회장님의 비범함에 대해 내게 자주 얘기했다.

"회장님은 예전부터 별장에는 욕심이 없으셨어."

아사기 아저씨는 걸어가면서 계속 회장님에 관해 얘기했다.

"그 대신, 매해 여름을 본인이 지은 롯코산 호텔의 한 객실에서 보내는 게 습관이셨지. 그런데 종전 후에 호텔을 연합군이 접수하면서 독일인 포로수용소로 사용해 버린 거야. 그러다 작년에야 마침내 점령 해제가 되고 반환받았어. 그래서 원래대로 복원시켜서 올여름부터 다시 지내시는 거란다."

롯코산 호텔은 로프웨이 폐역 바로 앞에 있었다.

그 폐역 앞에 이르자 "여기가 로프웨이 역이 있던 흔적이다." 하고 아저씨가 알려줬지만, 그것도 이미 엊그제 가즈히코에게 들어서 알고 있었다. 아저씨는 덧붙여 이렇게 말했다.

"로프웨이의 부활을 바라는 목소리도 자주 접하지만, 고시바 회장님이 수락하질 않으셔. 원래 본인이 만든 거니까 애착이 있지 않을까 했는데, 그런 것에 집착하지 않는 분이랄까. 앞으로는 자동차 시대가 될 테니까 로프웨이를 부활시키기보다 제대로 된 산악 도로를 만드는 게 먼저라고 하시네."

내가 가즈히코 쪽을 쳐다보자 가즈히코가 내 눈길을 황급히 피했다. 엊그제 가즈히코가 똑똑한 척하며 내게 했던 말은 고시바 회장님이 한 말을 그대로 따라 한 거였다. 그걸 들켜버린 가즈히코의 옆얼굴에 겸연쩍어하는 기색이 역력했다.

유럽 어딘가에 있는 산장 여관 같았다. 롯코산 호텔에 도착한 내 감상은 그랬다. 물론 당시 나는 해외에 가본 적이 없었지만 어쩐지 그런 사진을 본 것 같은 기분이었다. 3층 높이에, 객실은 마흔 개라고 한다.

천장을 받치는 흑갈색 굵은 나무 대들보. 그 아래 흰 벽. 여기저기 보이는 아치형 디자인. 고가구 풍의 의자. 그런 것들이 어우러진 라운지에서 나는 고시바 회장에게 인사했다. 체구는 무척 왜소하지만, 기력이 정정해 보이는 노인이었다.

"그래, 네가 데라모토의 아들이구나. 아버지를 안 닮아 아주 말쑥한 소년이구먼."

회장님은 나를 추켜세우면서 이렇게 말했다.

"네 아버지는 말쑥하진 않지만 일 하나는 아주 잘했다. 너도 그걸 잘 보고 배워서 머리와 배짱을 수련하려무나."

일흔아홉이라고 느껴지지 않을 정도로 활력이 넘치는

말투다. 나는 그저 예, 아니면 네, 하고 대답할 뿐이었다.

인사를 마치고 식당에서 점심 식사를 대접받았다. 소년은 튼튼한 몸을 만드는 것도 중요하다고 비프스테이크를 시켜주면서 회장님 자신도 같은 걸 주문했다. 식사를 하면서 회장님은 아사기 아저씨에게 말했다.

"어젯밤엔 호텔이 만실이었네. 토요일이라 그랬겠지만, 그렇다 해도 대단하지. 점령 해제됐을 땐 하도 엉망이라 이제 전의 그 호황을 누리기는 어려울 수도 있겠다고 비관했는데 이 정도면 괜찮아."

"정말 다행입니다."

"그런데 이 근처에 더 호황인 집이 있어."

"한신 호텔 말입니까?"

"아니, 찻집 말일세. 롯코의 여왕 찻집."

나는 어제 일이 떠올라 가즈히코와 눈빛을 교환했다. 전망대에서 내려오는 길에 마주친 롯코의 여왕. 가오루가 그녀에게 인사한 기억이 떠올랐다. 그때 왜 롯코의 여왕이라고 부르냐는 내 물음에 "글쎄, 미인이라서가 아닐까? 고시바 이치조 회장님이 그렇게 부르기 시작했대." 하고 가오루가 대답했다.

그 롯코의 여왕에 대한 얘기를 고시바 회장님이 화제로 꺼냈기에 나는 흥미가 솟아 귀를 쫑긋 세웠다.

"워낙 호황이니까."

회장님은 말을 이었다.

"가게를 확장하는 게 좋을지 의논하고 싶다고 며칠 전에 찾아왔더라고."

"뭐라고 하셨습니까?"

"왜 잘되는지를 생각해 보라고 했네. 손님 대부분은 남자고, 다들 당신 얼굴을 보러 오는 거라고. 커피든 홍차든 당신이 그걸 테이블로 가져다주는 걸 기대하며 오는 거라고. 가게를 확장하더라도, 모든 손님에게 지금까지 했던 것과 똑같은 서비스를 당신 혼자서 할 수 있을 자신이 있으면 확장하라고 말했지."

"그녀는 뭐라고 하던가요?"

"턱을 괴고 한참 생각하더니 그냥 이대로 있을까 봐요, 하더군."

"결혼 생각은 여전히 없나 보군요."

"나도 물어봤는데, 없는 것 같아. 사귀는 남자도 없냐고, 내가 꼬치꼬치 캐물었는데 슬며시 웃으며 얼버무리더라고. 하긴, 꼭 결혼만이 여자의 행복은 아니니까."

"어, 평소 하시는 말씀과 다른데요. 가극단 처자들한테는 스타가 되는 것보다 행복한 결혼을 하는 쪽이 중요하다고 말씀하시지 않습니까?"

"그렇게 해줬으면 하는 바람인 거지. 무조건 결혼을 해야 한다고 생각하는 건 아닐세."

"그 사람, 오사카로 돌아가서 전처럼 바를 운영할 마음은 이제 없나 보죠?"

"아니, 그것도 고려하고 있는 모양이야. 만약 그렇게 되면 이전처럼 자기네 바의 단골이 되도록 호큐 직원들한테 지시를 내려달라 같은 엉뚱한 소리를 하고는 돌아갔어."

그 후엔 화제가 다른 쪽으로 넘어갈 기미가 보였다. 나는 얼떨결에 "저기……." 하고 말을 꺼냈다.

"어제 롯코의 여왕을 길에서 만났어요."

모두의 시선이 나에게 쏠렸다. 음, 그래서? 하고 회장님이 다음 말을 재촉하는 표정을 짓는다.

"왜 그 사람을 롯코의 여왕이라 부르는 거예요?"

가즈히코가 미간을 찌푸리며 나를 본다. 주제넘게 나서서 바보 같은 소리 하지 말라고 나무라는 것이겠지. 말하고 나서 스스로도 좀 후회했다. 어른들끼리 하는 대화에 불쑥 끼어들어 궁금한 걸 물어보는 건 어린애나 하는 짓이다.

회장님은 약간 떨떠름한 미소를 짓긴 했지만, 그래도 정확히 대답해 줬다.

"내가 그렇게 부르기 시작했는데, 그 이유는 그녀의 행동거지라고 해야 할까, 한마디로 태도 때문이야. 태생적으로 귀하게 자란 처자 같기도 하고, 바를 운영할 때부터 손님을 대하는 태도에 좀 거만한 면이 있었어. 롯코에 와서도 그건 여전하더군. 그래서 장난삼아 여왕이라고 부른 건데 어느새 확 퍼지더군. 그게 다란다. 이제 호기심이 채워졌나?"

회장님이 그렇게 말하며 웃었다.

"네, 감사합니다."

등줄기에 약간 땀을 흘리며 나는 고개를 끄덕였다. 아사기 아저씨도 회장님과 눈을 마주치며 웃었다.

롯코산 호텔에서 돌아온 뒤, 나랑 가즈히코는 배낭을 멘 채 케이블카를 타고 시내로 내려갔다.

배낭에 든 것은 아주머니가 만든 목재 완구다. 전달할 곳은 우메다의 호큐 백화점. 약속한 납기일에 맞추기 위해 아주머니는 밤을 샌 모양이다. 우리가 고시바 회장을 만나는 동안에도 작업을 계속해, 가까스로 전부 완성한 것이다. 직접 납품하러 간다는 아주머니의 몸 상태를 염려해, 아사기 아저씨가 가즈히코와 나에게 아르바이트를 제안했다.

"심부름 삯은 넉넉히 줄게."

우리는 곧바로 흔쾌히 승낙했지만, 아랫마을은 불볕더위가 기승을 부렸다. 땀범벅이 된 채 호큐 전차를 타고 우메다로 가면서 가즈히코가 나에게 말했다.

"난 네가 얌전한 건지 대범한 건지 잘 모르겠어."

고시바 회장에게 갑자기 그런 질문을 던진 내가 꽤나 의외였던 모양이다. 그리고 이렇게 덧붙였다.

"내일 가오루 만나면 고시바 회장님한테 들은 얘기 할 거지? 폼 좀 잡을 수 있겠는데? 혹시 그걸 노리고 물어본 거 아냐?"

2

7월 28일 월요일 맑음

오후에 가즈히코, 가오루와 함께 가르벤 연못에 갔다.

수영도 하고 그림도 그렸다.

물이 조금 차가웠지만 재밌었다.

그건 그렇고, 일기가 어쩜 이렇게 유치할까. 아무리 열네 살이라지만 글쓰기에 흥미를 갖기 시작한 소년 혹은 소녀라면, 일부러 좀 멋을 부려 성숙한 척하는 생각이나 감상을 구구절절 늘어놓을 법도 하건만 내겐 그런 의욕이 전혀 없었음이 분명하다. 학교에서 내준 숙제를 날림으로 해치우고 있을 따름이었다.

그러나 당시의 내 속마음까지 이 일기 수준으로 유치했던 것은 아니다. 문장으로는 쓰지 않아도 나이에 맞는 생각과 감수성은 나름대로 지니고 있었다. 그랬기에 그 시절의 세세한 기억을 지금도 소생시킬 수 있는 것이다.

그날 오후, 이틀 만에 호리병 연못가에서 가오루와 만난 우리는 그날 하루를 무얼 하며 보내면 좋을지 의논했다.

"여기 호리병 연못 그림을 그려볼까?"

가오루의 제안에, 가즈히코는 엥? 하고 내뱉으며 얼굴을 찌푸렸다.

"그런 게 재밌을 것 같아?"

나도 내키지 않았다. 셋이서 좀 더 활동적인 걸 하고 싶었다. 가오루가 그렇게 제안한 이유를 설명했다.

"여름방학 숙제로 사생화를 그려야 해. 빨리 끝내버리고 싶단 말이야. 너희는 그런 숙제 없어?"

"있지만, 그런 건 8월 말에 몰아서 싹 해버리면 되잖아.

그보다 오늘은 햇빛이 쨍쨍하니까 수영하러 안 갈래?"

"아, 그게 좋겠다."

나도 찬성했다.

아침저녁은 쌀쌀한 정도인 롯코산 위지만 한낮의 태양 아래 있으면 역시나 여름다운 더위가 어느 정도는 느껴진다.

"스마 해변? 아니면 수영장? 어느 쪽이든 아래로 내려가는 건 나 혼자서는 못 가게 할걸."

가오루가 땋은 머리의 꼬리를 양손으로 잡고 도리질하듯이 상체를 천천히 좌우로 비튼다.

"혼자라니, 우리가 같이 가잖아."

"엄마는 너희에 대해 모른단 말이야. 믿을 만한 애들인지 아닌지."

가즈히코와 나는 얼굴을 마주보며 이해가 간다는 표정을 지었다. 딸을 가진 부모라면 으레 그런 걱정을 한다는 것 정도는 이미 알고 있을 나이였다.

"그럼 이 근처 연못에서 놀자, 가르벤 연못에서."

어때, 그러면 되지? 하는 눈빛으로 가즈히코가 가오루에게 말했다.

"안 돼."

가오루는 그 제안을 바로 거절했다.

"그 연못에서 3년 전에 오빠가 물에 빠진 적이 있어서 그 후로 거기서 헤엄치는 건 금지됐어."

"……."

가즈히코가 앞머리를 쓸어 넘기며 한숨을 내뱉는다.

"그럼 다른 연못은?"

그렇게 묻는 내게 가즈히코는 고개를 저었다.

"헤엄칠 수 있는 연못은 거기밖에 없어. 롯코에서 헤엄칠 수 있는 연못은 가르벤 연못뿐이라고. 다른 연못은 바닥에 진흙이 쌓여 있는데 가르벤 연못만 모래땅이거든. 넓고 물도 깨끗해서 좋은데."

"그래?"

아쉬워하는 나와 가즈히코에게 가오루가 해결책을 제시했다.

"그럼 이렇게 하자. 너희는 가르벤 연못에서 수영해. 난 연못 밖에서 그 모습을 그릴게."

뭔가 팥소가 빠진 팥빵 같은 허전함을 느꼈지만, 이렇게 된 거 빵만이라도 먹을 수 있다면 그걸로 됐다 싶은 마음이 들었다.

"그럼 그렇게 하자." 하고 나는 선뜻 동의했다.

"그럼 그렇게 할까." 가즈히코도 수긍했다.

가르벤 연못은 롯코산 호텔 앞 도로에서 남서쪽으로 빠진 후 조금 더 가서 북쪽으로 돌면 나오는 숲속 길을 한동안 걷다가 서쪽으로 꺾어지면 나오는 좁은 비탈길을 남쪽으로 내려간 곳에 있다.

가는 내내 가즈히코는 나침반도 없이 나에게 방향을 일일이 설명했다. 가오루가 흰색 여름 모자를 벗고 이마에 송골송골 맺힌 땀을 팔로 닦으며 감탄했다.

"와, 대단하다, 가즈히코. 나도 길은 알지만 상세한 방위까지는 잘 모르는데. 가즈히코는 머릿속에 정확한 지도가 그려져 있네. 너 머리 좋은가 보다."

별거 아니라는 듯 시치미 뗀 표정을 짓는 가즈히코를 보며 나는 '속으로는 좋으면서.' 하고 생각했다.

이윽고 눈앞에 나타난 연못은 찌그러진 마름모꼴로 세로축이 100미터에 가까웠다. 연못 주위를 숲과 관목, 풀밭이 에워싸고 있었다.

열몇 명쯤 되는 사람들이 일찌감치 와 여가를 즐기고 있었다. 산 위 별장 주민들일까. 물가 근처 얕은 여울에서는 아이들이 헤엄치고, 깊어 보이는 중앙 부근에서 백인 남자 둘이 자유형 수영 시합을 하고 있었다.

"전쟁 전엔 외국인이 만든 다이빙대도 있었대."

가즈히코가 말했다.

"골프도 그렇고, 수영도 그렇고 롯코의 오락 시설은 대부분 외국인이 개척했지."

가즈히코와 나는 연못으로 가기 전에 일단 집에 들러서 수영팬티를 바지 속에 입고 왔기 때문에 셔츠와 바지를 벗고 곧장 물속으로 들어갔다.

"오늘은 물에 빠져도 괜찮겠네."

가오루가 물가에서 우리를 향해 말했다.

"수영을 잘하는 외국인이 있으니까 여차하면 구해줄 거 아냐."

그러자 허리까지 물속에 담근 가즈히코가 가오루를 돌아보며 대꾸했다.

"그런 말은 스스무한테 해. 난 필요 없으니까."

가즈히코는 수영에 자신이 있는 듯 보였다. 두 팔을 앞으로 뻗어 몸을 가라앉히더니 자유형으로 헤엄쳐 멀어져 간다.

하지만 나도 지지 않는다. 뒤따라 헤엄치기 시작했다.

도중에 배영으로 자세를 휙 바꿔 물가 쪽을 바라보자, 화판을 겨드랑이에 낀 가오루가 걱정스러운 눈빛으로 우리를 지켜보고 있었다. 나는 물을 입에 머금었다가 푸 하고 내뿜어 보이고 다시 자유형으로 바꿔 가즈히코를 뒤쫓아 갔다.

연못 물은 역시 좀 차갑다. 한참 있었더니 한기가 든다.

"잠깐 나갔다 올까?"

"좋아!" 하고 가즈히코도 물가 쪽으로 몸을 돌렸다.

가오루는 반바지 차림으로 책상다리를 하고 앉아, 다리에 화판을 올려놓고 도화지에 그림을 그리고 있다. 연필 데생은 이미 끝났고 붓으로 수채물감을 칠하는 중이다.

가즈히코와 내가 그 그림을 위에서 들여다본다.

"얘들아, 그림에 물방울 떨어지잖아."

가오루에게 한 소리 듣고, 우리는 황급히 머리와 얼굴에 묻은 물기를 두 손으로 문질러 닦았다.

그러고는 다시 들여다보는데, 상당히 잘 그린 그림이다. 구도가 그럴싸하다. 그런데도 가즈히코는 "이 그림, 좀 이상하지 않아?" 하고 의문을 표했다.

"응? 어디가? 어디가 이상한데?"

가오루는 언짢은 표정으로 하얀 모자 아래서 가즈히코를 올려다본다.

"연못 안에서 헤엄치는 두 사람이 나랑 스스무지?"

"응, 그런데."

말끝을 살짝 올리며 가오루가 끄덕인다.

"머리 긴 사람이 나잖아?"

"맞아."

"그런데 왜 스스무가 더 남자답게 그려져 있냐고. 이상하잖아."

"뭐?"

가오루는 자신의 그림으로 다시 눈길을 돌리고는 "바보!" 하고 내뱉듯 말했다.

"멀리 있는 두 사람을 조그맣게 넣은 것뿐이잖아. 얼굴까지 정확히 못 그리거든. 어쩌다 보니 이렇게 된 거지. 딱히 한쪽을 편애해서 그린 게 아니야. 너 사소한 거에 집착하는 성격이구나."

그러더니 애써서 거의 다 완성한 그림에 녹색 물감이 묻은 붓으로 큼직하게 X자 표시를 그어버렸다.

"앗……."

가즈히코가 당황한다.

"자, 이제 됐니?"

가오루가 쏘아본다.

가즈히코는 한숨을 내쉬고는 "그렇다고 그렇게까지……. 독한 애네. 졌다, 졌어." 하며 내 얼굴을 본다.

가오루도 내 얼굴로 시선을 돌린다.

나는 나대로 어쩐지 가오루에게 불만을 느꼈다. 애써 그린 그림을 가즈히코의 트집 한마디에 그리 쉽게 휴지 조각으로 만들어버린 것도 그렇고 특히 그 실랑이에서 느껴진 왠지 모를 사랑싸움 같은 분위기. 그런 게 짜증 났다.

서로의 언짢은 얼굴을 번갈아 마주 보는 사이, 가오루가 갑자기 우습다는 생각이 들었는지 웃음을 터뜨렸다. 그 모습을 보고 가즈히코도 안도한 듯 허리에 손을 얹고 웃기 시작했고, 마지막으로 나도 따라서 웃고 말았다. 서로의 웃음에 자극받아 웃음소리가 더욱 커졌고 그러다 통제가 안 되는 발작이라도 일어난 것처럼 몸을 비비 꼬면서 웃었다. 주변 사람들이 그런 우리를 이상하다는 눈길로 쳐다보면서도 덩달아 허허 웃었다.

가즈히코와 나는 몸을 데우기 위해 풀밭 위에 나란히 누워 햇볕을 쬈다. 등에 눌려 맨살 아래에서 느껴지는 풀의 따끔따끔하고 간질간질한 감촉이 썩 기분 좋은 건 아니었지만, 가만히 있다 보니 금세 적응됐다.

그러자 가오루도 화판을 내팽개치고는 우리 머리 위쪽에, 우리와는 반대 방향으로 드러누웠다. 세 명의 얼굴이 가까이 있어 얘기하기에 편했다.

"곤줄박이가 우네."

가오루가 말했다. 아까부터 들리는 지저귐이 곤줄박이라는 새의 울음소리라는 걸 나는 처음 알았다.

"롯코에서 지금까지 어떤 새들을 봤어?"

가즈히코가 가오루에게 묻는다.

"많이 봤지. 두견새, 직박구리, 그리고 몸이 적갈색인 꿩도 보고 초록빛이 도는 일본 꿩도 봤어. 아, 동박새도 봤지."

"멧새는?"

"그것도 봤어."

나는 그런 화제에는 끼어들 수가 없어 잠자코 듣고 있을 수밖에 없었다.

"스스무도 도쿄 얘기 좀 해." 하고 가오루가 말을 걸었다. 소외되지 않도록 마음을 써준 건가.

"도쿄? 뭐에 대해 듣고 싶은데?"

"뭐든 좋지만, 그래, 도쿄 여자애들 얘기해 줘. 내 또래 여자애들. 역시 나보다 성숙하지? 왠지 그럴 것 같은데."

"뭐, 사람마다 다르지. 성숙한 애도 있고 어린애 같은 애도 있고."

"그야 그렇겠지만…… 됐다, 됐어. 대답이 너무 시시해서 실망이야."

그러자 가즈히코가 피식 웃음을 터뜨리며, 느긋한 어조로 나를 거들었다.

"그렇게 말할 필요 뭐 있어. 네 질문이 너무 어렵잖아.

스스무한테 여자에 관해 물어본 게 잘못이지. 그보다 스스무, 그거 가오루한테 얘기해 줘. 롯코의 여왕 얘기."

"응? 뭔데? 무슨 얘기?"

가오루가 묻는다.

"롯코의 여왕이 어떻게 됐어?"

셋이 누운 채로 대화는 계속된다.

"어제 스스무가 고시바 회장님한테 물었거든, 롯코의 여왕을 롯코의 여왕이라 부르는 이유를."

"응."

"자, 스스무, 얘기해 줘."

가즈히코가 자꾸 재촉하는 바람에 간략하게 말했다.

"그러니까, 곱게 자란 여자처럼 가게 손님들한테도 도도하게 굴어서 여왕이라고 부르게 된 거래."

"음……."

시시하다는 듯한 반응이다. 굳이 그렇게 거드름 피우며 할 정도의 이야긴가 싶은 듯 흥이 깨진 목소리다.

나는 이게 가즈히코 탓인 것 같아 화가 났다. 나와 달리 가오루는 애초에 그런 데 관심이 없었던 거다. 나도 딱히 하고 싶어서 한 얘기는 아니다.

하늘을 향해 있던 얼굴을 옆으로 돌려 가즈히코를 보니 만족스러운 표정으로 눈을 감고 있다.

그때 내 머리에 뭔가가 닿았다. 사람의 손이다. 내 머리카락을 만지작거리고 있다. 머리를 뒤로 젖혀 확인할 필요도 없이 그건 가오루의 손길이다. 틀림없다. 누운 채로 손을 뻗어 내 머리카락을 갖고 노는 것이다.

내 옆에서 눈을 감고 있는 가즈히코의 머리에는 가오루의 손이 뻗어 있지 않았다. 내 머리만 만지작거리는 거다. 나는 가즈히코보다 몇 배는 더 흡족한 기분으로 눈을 감았다.

조금 떨어진 곳에서 누가 광석 라디오를 켰는지 음악이 희미하게 들려왔다. 에리 지에미의 〈테네시 왈츠〉다. 초봄부터 유행한 이 노래의 인기는 아직 끝나지 않았다.

가오루는 내 머리카락을 만지는 걸 그만두고 휘파람으로 나지막이 노래를 따라 부르기 시작했다. 엊그제와 마찬가지로 나도 같이 휘파람을 불었다. 휘파람을 불면서 눈을 뜨고 가즈히코를 쳐다보니, 녀석은 눈을 뜬 채 부루퉁한 얼굴로 나를 보고 있었다. 앞에서도 말했지만, 가즈히코는 휘파람을 불 줄 모른다.

롯코에서는 여기저기서 무궁화를 볼 수 있다. 가르벤 연못가에도 무궁화가 무리 지어 자라 흰색, 연보라색 꽃을 피우고 있었다.

나랑 한 번 더 연못에서 헤엄친 후, 가즈히코는 무궁화 가지에서 꽃을 한 송이 따더니 그림을 새로 그리고 있는 가오루에게 들고 갔다.

　"이거 머리에 꽂아봐."

　하얀색 무궁화. 한가운데의 암술 주위만 연지를 찍은 듯 빨갛다.

　가오루는 올려다보며 살짝 웃더니 "모자를 써서 안 돼." 하며 거부했다. 그런데도 가즈히코가 가오루의 흰색 모자를 벗기고는 오른쪽 땋은 머리의 뿌리 쪽에 꽃을 꽂으려 했다. 가오루는 머리를 좌우로 흔들며 "싫어, 창피해." 하고 거부한다.

　"왜, 이거 꽂으면 더 예쁘단 말이야."

　가즈히코는 포기하지 않는다.

　"창피하단 말이야, 하지 마."

　가오루의 어조가 강경하다.

　"쳇, 그럼 관둬라."

　가즈히코가 토라져서 모자를 다소 거칠게 가오루의 머리에 다시 씌웠다. 나는 옆에 우두커니 서서 그 실랑이를 지켜보면서 가즈히코가 마냥 고소하지만은 않았다. 왠지 가즈히코의 속내가 이해가 가서 그가 안됐다는 마음도 동시에 든 까닭에 기분이 좀 복잡했다.

가오루가 돌아가려는 가즈히코를 "저기." 하며 불러 세웠다.

"그럼, 그 꽃, 여기 꽂아."

가오루가 붓 세척용 유리병, 아마도 잼 같은 걸 담았던 공병으로 보이는 그 유리병을 손가락으로 가리킨다. 벌써 붓을 여러 번 빨아서 병 속에 담긴 물이 혼탁했다.

"이 물 버리고 깨끗한 물로 갈 테니 여기에 꽃 넣어. 집에 가서 책상에 장식해 둘게."

가즈히코는 버리려던 꽃을 잠깐 쳐다봤다. 그러고는 "그림은 더 안 그려?" 하고 가오루에게 물었다.

"나머지는 집에서 그리려고. 색칠만 조금 더 하면 되는데, 두 번째로 그리는 거니까 다 머릿속에 들어 있어."

가즈히코는 고개를 끄덕이고는 유리병을 집어 들어 더러운 물을 풀밭에 버리고, 연못 물을 담으러 갔다.

조금 덥다 싶은 날이라도 오후의 태양이 기울기 시작하면 롯코산 위 지역은 기온이 급격히 낮아진다. 우리는 그만 집으로 돌아가기로 했다.

가즈히코와 나는 덜 마른 수영팬티 위에 바지와 셔츠를 입었다. 소매가 둘둘 말린 상태로 벗어 놓아둔 셔츠를 다시 주워 입고는 둘둘 말린 소매를 손목까지 내렸다.

"이 병, 내가 들고 갈게."

가즈히코는 그렇게 말하고 흰 무궁화 꽃이 담긴 유리병을 두 손으로 조심스레 들었다. 그런 녀석의 모습을, 돌아가는 길에 내가 놀렸다.

"공물을 받쳐 들고 가는 하인 같다."

그러자 가즈히코도 겸연쩍게 웃으며 대꾸했다.

"당연하지. 가오루는 제2대 롯코의 여왕이니까."

그 말에 가오루가 한껏 우쭐해져서 "넌 이거 들어." 하고 말하며 화판과 물감통을 나에게 떠안겼다. 나는 그것을 받아들고 나서 화판을 한 손으로 흔들며 가오루에게 바짝 다가갔다.

"좋았어, 이걸로 엉덩이를 두들겨주지."

"어허, 무례하다!"라며 가오루가 둥글게 만 도화지를 가슴에 안고 뒷걸음질하며 호통을 친다.

"남자를 홀리는 암컷 너구리에게 벌을 내려주마!"

나는 화판을 들어 올려 덤비는 시늉을 한다. 가오루는 웃음 섞인 비명을 지르며 도망쳤고 나는 그 뒤를 쫓았다.

"기다려, 같이 가, 뛰지 마."

뒤에서 가즈히코가 외쳤다.

"물 쏟아진단 말이야."

3

7월 29일 화요일 비

오늘은 비가 와서 가즈히코와 장기를 두고 학교 숙제를 하며 보냈다.

별장 앞 진입로에 물이 잘 빠지도록 청소도 했다.

내가 롯코에 오고 나서 처음 내리는 비였다. 어젯밤부터 내리기 시작한 보슬비가 종일 그치지 않았다. 창밖을 보니 안개가 자욱해 먼 곳은 아예 보이질 않았다.

가즈히코와 장기를 두는데도 재미가 없었다. 가즈히코도 마찬가지인지 피차 의욕 없는 승부였다. 이유는 뻔하다. 가오루가 없어서다. 가오루가 없는 동안에 우리는 아무런 즐거움도 찾아낼 수 없었다. 그날 하루가 얼른 끝나기만을 바랐다. 그러나 시간은 평소보다 더 천천히 흘러갔다.

그런 우리에게 해 질 녘에 아주머니가 이런 말을 했다.

"심심한가 보네. 부탁 하나 들어줄래?"

아사기 아저씨네 별장은 공공 도로에서 30미터가량 안으로 들어간 곳에 있다. 즉 진입로가 있는 셈인데, 폭이 좁은 샛길이다. 비가 내리기 시작하면 집 옆 비탈면에서 가느다란 물줄기가 흘러내려 그 진입로를 가로지르는데 빗물과 함께 흘러온 낙엽과 진흙이 배수관에 서서히 쌓여 물이 흐르는 것을 막는다. 그대로 놔두면 발목까지 잠기는 큰 물웅덩이가 생긴다.

물웅덩이가 생기지 않도록 낙엽과 진흙을 치워 물이 잘 흘러가게 하는 것이 우리가 할 작업이었다. 우리는 회색 고무 비옷을 입고 삽으로 낙엽과 진흙을 긁어냈다.

"아버지를 위해서야."

가즈히코가 작업하면서 말했다.

"아버지가 아랫마을에서 케이블카를 타고 왔을 때 이 물웅덩이를 지나가지 않게 하려고. 평소에는 어머니가 직접 하시는데 한숨만 쉬고 있는 스스무 네가 어지간히도 지루해 보였나 봐."

한숨은 가즈히코가 더 많이 쉬지 않았나 싶었지만 "그래도 너희 부모님은 사이가 좋으시다. 우리 집 같으면 일부러 물웅덩이를 만들어놓을 텐데." 하고 대꾸했다.

내 말에 가즈히코는 삽질을 하다 말고 웃었다.

4

7월 30일 수요일 비

오늘도 종일 비와 안개였다.

점심에 가오루한테 자기 집에 놀러 오라는 전화가 와서 가즈히코랑 같이 갔다.

엄청나게 큰 별장이었다.

가오루의 고모를 만났다.

이날도 오전 내내 가즈히코와 나는 한숨을 쉬며 보냈다. 아주머니랑 셋이 점심을 먹고 있는데, 전화가 와서 아주머니가 받았다. 전화는 식당에서 거실로 들어가면 바로 놓인 낮은 책장 위에 있어, 아주머니의 말소리가 또렷하게 잘 들렸다.

"여보세요. 아사기입니다. …… 네, 있는데요. …… 어? 누구? 구라사와 가오루?"

아주머니가 부르기도 전에 가즈히코는 의자가 뒤로 넘어갈 듯한 기세로 벌떡 일어섰다. 이내 수화기를 넘겨받은 가즈히코의 목소리에 나는 귀를 쫑긋 세웠다.

"여보세요, 나 가즈히코야. …… 너 우리 집 전화번호 알고 있었어? …… 아, 전화번호부. 응, 오두막집이라도 전화는 연결해 놨지. 시내에 있는 집보다 오히려 더 필요한 법이거든. …… 음, 비 오는 날은 왠지 울적해. 사색에 빠지기는 좋지만. …… 뭔 소리야, 나도 골똘히 생각할 때가 있다고. …… 어, 그런 말을 하다니, 기억해 두겠어. …… 하하하."

몹시 즐겁게 통화한다.

"그 그림은 다 완성했어? …… 아, 미안, 미안. 그래도 두 번째가 훨씬 더 잘 그렸어. …… 너 그림에 재능 있더라. …… 진짜야, 적어도 피아노보다는 나아. …… 아, 아냐, 말이 잘못 나왔어. 피아노랑 비슷하게 재능 있어. …… 아하하, 들켰네."

가오루가 나를 바꿔달라고 할 상황에 대비해 나는 허리를 세우고 일어날 듯 말 듯한 엉거주춤한 자세로 기다렸다. 하지만 가즈히코는 혼자서만 얘기를 계속하느라 정신이 없어 나를 바꿔줄 생각조차 아예 못 하는 모양이다.

"응, 나도 숙제하고 있었어. …… 아니, 딱히 바쁘진 않은데. …… 뭐? 응, 좋지. …… 응, 응. …… 오케이, 알았어. 그럼 지금 갈게. 바이바이."

결국 내 이름은 한 번도 언급되지 않았다. 가오루가 말을 안 한 건지, 아니면 가즈히코가 듣고도 무시한 건지 알 수가 없었다.

전화를 끊은 가즈히코가 거실과 식당 사이에 서서 나에게 말했다.

"가오루 집에 초대를 받아서, 나 잠깐 갔다 올게."

"……."

내가 할 말을 잃고 멍하니 있자 가즈히코가 히죽거리며 툭 내뱉었다.

"아, 혹시 시간 있으면 따라오든지."

가오루는 우리 둘 다 초대한 게 분명하다. 가즈히코가 내게 장난을 친 것이다.

롯코에서는 모르는 사람이 없다는 대별장. 그 집 딸과 자기 아들이 어느새 친해졌다는 사실을 알고 아사기 아주머니는 살짝 놀라는 기색이었다.

잠시 후 가오루 집 대문 앞에 도착한 우리 역시도 살짝 긴장한 상태로 초인종을 눌렀다. 석조 문기둥, 육중해 보이는 목조 대문. 문 양쪽 돌담 위에 산울타리가 쳐져 있고, 높이는 우리 키 두 배는 돼 보인다. 우산을 살짝 젖히고 올려다보니, 울타리 너머로 솟은 나무가 드높게 이어져 안의 건물이 밖에서 전혀 보이질 않는다. 확실히 이런 별장에 비하면 가즈히코의 말대로, 아사기 아저씨 별장은 '오두막집'이다.

그건 그렇고, 외부 세계를 완전히 차단한 이 폐쇄성은 뭘까. 나는 훗날 어른이 되어 이런 글을 본 적이 있다. 오사카 출신으로 아시야에 아틀리에를 둔 서양화가 고이데 나라시게가 전쟁 전에 쓴 문장의 한 구절이다.

'거대한 별장에 틀어박혀 이자를 계산하면서, 가내 안전, 자손 번영 말고 다른 것은 아무래도 상관없다네.'

이것은 한신(오사카와 고베를 중심으로 하는 그 일대 지역)의 저택이나 별장에 사는 부유한 사람들을 시니컬하게 풍자한 글이다. 아시야에 사는 구라사와 집안이 롯코에 갖춰놓은 그 별장을 회상할 때면, 나는 고이데 나라시게의 이 구절이 같이 떠오르곤 했다.

초인종을 누르고 잠깐 기다리자 문 옆 쪽문이 안쪽으로 열리며 우산을 쓴 기모노 차림의 중년 가정부가 우리를 맞이했다.

"가오루 아가씨 친구들이죠? 말씀 들었습니다, 어서 들어오세요."

우리가 안으로 들어서자 가정부는 쪽문의 빗장을 단단히 걸고 나서 우리를 건물 쪽으로 안내했다.

널찍한 앞마당의 정원수들이 비에 젖어 반들반들 윤이 났다. 바닥에 수놓아진 포석을 따라가자 안채가 나왔다.

일본식과 서양식이 뒤섞인 굉장한 저택이었다.

현관은 일본식이었는데, 가정부가 차양 밑에서 우산을 접고 미닫이문을 열었다. 그러자 현관 칸막이 뒤에 숨어 눈만 빼꼼 내밀며 키득키득 웃고 있는 가오루가 보였다. 기뻐하고 있다는 걸 대번에 알 수 있었다. 기쁨에 겨운 마음을 자제하느라 그런 식으로 우리를 맞이한 것이리라. 그 어린애 같은 행동에 나는 긴장이 풀렸다. 그뿐 아니라 꼭 껴안아 주고 싶을 만큼 그녀가 사랑스러웠다. 아마…… 가즈히코도 그렇겠지.

가정부가 가즈히코와 내 손에서 우산을 받아들며 "자, 자, 들어가세요." 하고 재촉했다. 그제야 가오루가 칸막이 옆으로 나와서는 "들어와." 하고 손짓했다.

이날 가오루는 머리를 땋지 않고 그냥 양 갈래로 묶어 늘어뜨리기만 했다. 이런 작은 차이도 우리에겐 관심의 대상이어서 이제껏 여자애들 머리 모양 같은 것에 특별한 의견을 가져본 적 없던 내가 그날 집에 돌아가는 길에 가즈히코와 이런 얘기를 주고받기까지 했다.

"오늘 같은 머리도 괜찮더라. 땋은 것보다 낫던데."

"괜찮긴 한데, 난 역시 땋은 머리가 좋아."

그건 차치하고…….

가오루는 우리를 2층 자기 방으로 안내했다. 복도를 지나갈 때 서양식 응접실 난로가 얼핏 보인다든가, 계단 층계참에 난 창문에 스테인드글라스가 끼워져 있다든가 하는 실내 전경이 눈에 들어왔는데 건물 외관과 마찬가지로 실내도 일본식과 서양식이 혼재돼 있었다.

가오루의 방은 서양식이었고, 네 평 정도 크기의 마룻바닥에 세 평쯤 되는 사이즈의 카펫이 깔려 있고 책상과 책장, 옷장, 침대가 놓여 있었다. 침대에는 자잘한 꽃무늬 침대보가 단정히 씌워져 있었다.

"오늘은 엄마가 안 계셔."

가오루가 말했다. 그래서 우리를 부를 수 있었다는 걸까. 가오루네 어머니는 엄하고 잔소리가 많은 분인 걸까.

한참을 두리번거리던 가즈히코가 이윽고 입을 열어 이렇게 물었다.

"그 꽃은? 벌써 시들었어?"

가오루가 책상에 장식해 두겠다고 했던 무궁화. 유리병에 넣어 물이 쏟아지지 않게 조심조심하며 문 앞까지 가지고 왔던 그 하얀 꽃이 책상 위나 그 어디에서도 보이지 않았다. 가즈히코의 물음에 가오루는 약간 당황한 듯했지만 금세 표정을 가다듬고 이런 이유를 댔다.

"아, 그거, 납작하게 눌러서 말리려고 했거든."

"눌러서 말린다고?"

"응, 오래 간직할 수 있게 압화로 만들려고 종이 사이에 끼워놨어. 저기, 창가에."

바깥으로 돌출되어 난 창문을 가리킨다.

"그랬는데 바람이 불어서 종이가 날아가 버렸지 뭐야."

"비가 오는데 창문을 열어놨어?"

"비 오기 전이지, 물론."

"무거운 걸로 눌러놓지 않았어?"

압화를 만들려고 했다면 당연히 그랬을 텐데.

"전에도 말했잖아, 내가 좀 덤벙거린다고. 무거운 거 올려두는 걸 깜빡한 사이에 날아가 버렸어. 생각해서 준 건데 미안. 나, 바보 같지?"

가오루는 자신의 머리를 콩콩 때리며 가즈히코의 안색을 살핀다. 가즈히코는 납득이 안 된다는 얼굴이었지만, 집요하게 추궁하다가 가오루가 삐지기라도 하면 그게 더 난감하다고 생각한 모양인지 대범한 태도로 말했다.

"뭐, 그런 꽃이라면 지천으로 피었으니 언제든 또 따면 되지 뭐."

가오루가 우리를 의자에 앉으라고 권했다.

"원래 의자는 하나밖에 없는데, 고모한테 하나 더 빌려

왔어."

하나는 간소한 책상 의자고, 다른 하나는 등받이에도 자주색 벨벳이 덧대어진 고급 의자다. 가오루는 은근슬쩍 고급 의자 쪽에 가즈히코를 앉게 했다. 꽃 때문에 내심 속상해 있을 가즈히코에 대한 회유 작전처럼 내겐 보였는데, 가즈히코는 오히려 날 부러운 눈길로 쳐다봤다. 가오루 본인이 평소에 앉는 책상 의자를 나한테 준 건 그만큼 나를 더 친밀하게 여겨서라고 판단한 게 틀림없다.

"레코드 들을래?"

가오루가 물었다.

"축음기도 고모한테 빌려왔어."

가오루의 입에서 자꾸만 '고모'라는 말이 나왔다.

가오루가 축음기에 건 레코드는 처음 듣는 음악이었다. 지지직거리는 잡음이 꽤 났다.

"독일 탱고야. 우리가 태어나기도 전에 유행했던 곡인가 봐. 곡명은 '파란 하늘'인데, 오래된 레코드라 그런지 비 오는 것 같은 소리가 나지?"

그로부터 10년쯤 지나 일본에도 콘티넨털탱고 붐이 불었기에 나도 그 곡을 수도 없이 들었지만 다양한 악기 편성으로 다채로운 울림을 빚어내는 알프레드 하우제 악단의 연주로, 그날 가오루가 틀어준 레코드와는 달랐다.

열네 살 여름에 롯코산 위에서 들었던 음악은 아무래도 전쟁 전의 평화로움이 묻어나는 고풍스러운 연주였다.

가오루는 창턱에 앉았다. 비가 와서 쌀쌀해선지 남색 긴소매 셔츠에 연갈색 긴바지를 입고 있다. 한쪽 다리를 올려 그 무릎을 두 손으로 감싸고, 머리부터 등까지 창틀에 기대고는 고개를 살짝 비틀어 눈을 감은 듯 살며시 뜬 채로 빗줄기가 흐르는 창밖을 바라본다.

건방져 보이고 단정치 못한, 불량한 자세였다. 미국 영화 같은 데서는 더러 볼 수 있었지만, 당시의 일본 소녀는 남 앞에서는 절대 하지 않을 법한 모습이었다. 그러나 어딘가 모르게 나른하고 감미로운 콘티넨털탱고 음악과 창가에 앉은 가오루의 권태로운 포즈는, 도무지 흠잡을 수 없을 만큼 조화로워 보였다. 나도 그 포즈를 따라 해보고 싶다는 생각이 절로 들 정도로 아름다운 그림이었다.

눈을 감고 음악에 빠져들고 싶으면서도 가오루에게서 눈을 떼는 게 아쉽기만 한 그 평온한 한때는, 그러나 그리 오래가지 못했다. 홍차와 과자를 쟁반에 담아 내온 가정부가 가오루에게 조심스럽게 이렇게 말한 것이다.

"저기, 오라버님께서 음악이 좀 시끄럽다고 하시네요."

가오루는 잽싸게 창턱에서 내려와 축음기 바늘을 레코드에서 뗐다.

축음기와 레코드를 고모에게 돌려주러 갔던 가오루는 방으로 돌아오더니 우리에게 손짓했다.

"고모가 오래. 너희 데리고 고모 방으로 놀러 오라고 하셨어. 가자."

우리는 가오루의 뒤를 따라갔다. 계단을 내려가 복도 안쪽으로 지나 다시 계단을 올라갔다. 안채와 일부가 연결된 반 독립식 별채였다. 그쪽으로 가는 도중에 가즈히코가 조그만 목소리로 가오루에게 물었다.

"너희 오빠, 몇 살이야?"

"나보다 두 살 많아."

"고등학생?"

"응."

"성격이 까다로워?"

"좀 예민해. 그래도 고모는 다정한 분이니까 편하게 있어도 돼."

우리를 데리고 간 다섯 평쯤 되어 보이는 방은 서재인 것 같았다. 남자의 서재가 아니라 여자의 서재다. 책상에는 레이스가 깔려 있고 책장의 수많은 책들 사이에는 서양 인형, 오르골 상자 등이 장식되어 있었다. 커튼 색깔도 연한 벚꽃색이었다.

"실례합니다."

우리는 나름 점잖게 인사를 드렸다.

"어서 와, 거기 앉아. 이야, 오랜만에 남자 손님이 왔네."

고모는 우리에게 창가의 긴 의자에 앉으라고 권하며 방긋 웃었다. 흰색 얇은 스웨터와 흰색 스커트를 입었고, 흰색 헤어밴드로 머리카락을 단정히 눌렀다.

가오루의 고모는 내가 상상한 것보다 훨씬 젊었다. 언니라고 해도 무리 없을 나이로 보였다. 피부가 깨끗하고 어린 느낌의 얼굴이라 그렇게 보이는 걸까. 왼쪽 약지에 결혼반지를 끼고 있어서 기혼이라는 것만은 알 수 있었다.

"우리 고모 젊지? 몇 살로 보여?"

가오루도 나이 얘기부터 꺼냈다. 가즈히코와 내가 마주 보며 이런 경우엔 어떻게 대답하는 것이 최적의 매너일지 망설였다.

"이래 봬도 만 스물일곱이야." 하고 가오루가 냉큼 답을 말해버렸다.

"스물일곱도 젊은 나이지만, 보기에는 더 어려 보이지?"

"친구들한테 별소릴 다 한다."

고모는 쑥스럽다는 듯 웃으며 "가오루, 네 방에서 뭐 마실 거라도 좀 대접했니?"라며 화제를 전환했다.

"응, 마쓰 아줌마가 홍차랑 웨하스 갖다줬어."

"그럼 땅콩 좀 갖다달라고 할까? 너희, 땅콩 먹니?"

"네, 감사합니다."

대답하는 가즈히코와 함께 나도 고개를 끄덕였다.

가오루의 고모는 방을 나가 계단 난간에서 아래를 내려다보며 맑고 또렷한 목소리로 말했다.

"미요, 땅콩 좀 갖다줘. 그리고 커피 네 잔."

"네."

젊은 듯한 가정부의 목소리가 희미하게 들렸다.

가오루의 고모는 시와 소설을 좋아하는지, 우리에게 어떤 책을 읽어본 적이 있는지 물었다. 그 질문을 받고 분명히 밝혀진 것은, 그때까지의 내 독서량은 가즈히코의 5분의 1에도 못 미친다는 사실이었다. 당시 나는 시는 물론, 소설 같은 분야를 별로 읽지 않았다. 그런 글에 흥미가 없었기 때문이다.

가오루의 말대로 고모가 다정한 사람이라고 생각했던 이유는, 책 얘기에는 내가 자신 없다는 걸 간파하고 선뜻 최신 영화와 라디오 프로그램으로 대화의 주제를 바꿔주었기 때문이다.

"고모는 요즘 〈그대의 이름은〉(1952~1954년 NHK라디오에서 방송되어 선풍적인 인기를 누린 드라마로 그 인기에 힘입어 영화로도 제작되었다)에 푹 빠져 있어."

가오루가 우리에게 이르듯 말하자 고모가 정색하며 대꾸했다.

"빠지긴 뭘 빠졌다 그래. 매주 다음 얘기가 궁금하도록 하도 잘 만들어내니까 나도 모르게 자꾸 듣게 되는 거지."

애써 그렇게 변명을 한 이유는, 방송 시간이 되면 여자 목욕탕이 텅텅 빈다고까지 하는 기이한 붐과는 좀 거리를 두고 싶은, 아시야 사람의 자존심일까.

다정하긴 하지만 살짝 콧대가 높은 사람, 이것이 이날 여러 대화를 나눠본 후에 내가 가오루의 고모에게 받은 인상이었다.

"히토미 고모는 아빠의 동생이야."

배웅하러 나온 문 앞에서 가오루가 우리에게 알려줬다.

"아빠가 돌아가신 뒤에 고모가 호큐에 다녔던 사람을 신랑으로 들여서 그분이 지금 구라사와 회사를 맡아 운영하고 있어."

"너, 고모랑 사이가 좋아 보이더라."

왠지 부러웠다.

"응, 날 예뻐해 줘. 나도 고모를 엄청 좋아하고. 피아노도 고모한테 배우는 거야. 머리도 항상 고모가 땋아주는 거고."

가오루가 우산을 어깨 위에서 천천히 돌리며 답했다.

집으로 돌아오는 길에 가즈히코와 내가 가오루의 땋은 머리 논쟁을 한 건 아마 그 얘기가 귓가에 남아 있었기 때문이리라.

5

7월 31일 목요일 보슬비

오늘도 오후에 가즈히코와 둘이서 가오루네 별장에 갔다.

가오루의 고모와 넷이서 포커 게임을 하고 놀았다.

꼴찌를 한 가오루가 짜증을 내며 트럼프를 마구 휘저어 버려서 고모한테 한 소리 들었다.

어제 "또 놀러 오렴." 하고 가오루 고모가 했던 말을 구실 삼아, 우린 이날도 구라사와 별장에 갔다.

문 앞으로 우리를 마중 나온 사람은 어제의 마쓰 아줌마가 아닌 미요라는 젊은 가정부였다. 미요 가정부가 고모 부부의 별채로 직접 우리를 안내해서 안채는 통과하지 않았다. 가오루도 그 서양식 별채 현관에서 우리를 맞이했다.

　고모는 결혼한 지 6년이 지났지만 아직 아이가 없어서 조카딸인 가오루를 때로는 자식처럼, 때로는 동생처럼 귀여워하는 것 같았다. 그런 가오루와 친구가 된 우리에게도 호의적이었다.

　우리가 그녀를 가오루처럼 고모라고 부르는 건 아무래도 이상해서 우리는 그녀를 '히토미 고모'라 부르기로 했다.

　트럼프 놀이도 싫증이 나서 이제 뭘 하고 놀까, 하는 얘기를 나누는 중에 히토미 고모의 남편이 갑자기 귀가했다. 그 사실을 알리러 가정부 미요가 2층으로 올라왔다.

　"사장님 들어오셨어요. 잠깐 뭘 가지러 오신 거라고, 바로 다시 나가신대요."

　히토미 고모는 가정부의 보고를 듣고도 "응, 그래?" 하고 고개만 끄덕일 뿐, 아래층으로 내려가려 하지 않았다.

　히토미 고모의 남편은 가오루의 아버지가 돌아가신 뒤 들어온 데릴사위로, 호큐 직원이었다가 지금은 구라사와 가문의 사업을 관리하고 있다고, 어제 가오루에게 들었다.

창가의 긴 의자에 앉아 있던 나는 고개를 돌려 바깥에 시선을 두었다. 그 창가에서는 대문과는 별개로 난 자동차 출입구를 내려다볼 수 있다. 창문 아래 자갈이 깔린 마당에 검은색 자동차가 한 대 서 있었고, 잠시 후 그 차를 향해 우산 하나가 다가갔다. 기모노 차림의 마쓰 아줌마가 자기 몸은 비에 반쯤 젖어가면서 누군가가 비를 맞지 않도록 우산을 받치며 걷고 있다. 우산을 쓰고 있는 사람은 연한 색깔의 여름 정장을 입은 남자로, 아마 히토미 고모의 남편일 것이다. 하지만 우산 아래에 있어 얼굴은 안 보인다. 한쪽 다리를 약간 끄는 것 같은 걸음걸이다.

검은색 제모를 쓴 운전기사가 운전석에서 내려 자동차 뒷문을 연다. 비는 부슬부슬 내리지만 마쓰 아줌마는 바깥주인이 완전히 좌석에 앉을 때까지 한 방울도 젖지 않도록 우산을 계속 받쳐 들고 있다.

운전기사가 문을 닫고 운전석에 올라 차를 천천히 움직였다. 곧 차가 밖으로 완전히 나가자 마쓰 아줌마가 격자무늬 철문을 닫았다.

눈길을 실내로 돌리니, 히토미 고모는 테이블에 팔을 괴고 고개를 살짝 기울인 채, 손에는 포커 칩 대용으로 썼던 유리구슬 하나를 들고 깊은 상념에 빠진 것처럼 그것을 가만히 들여다보고 있었다.

그날은 목요일이라 저녁 여덟 시부터 라디오드라마 〈그대의 이름은〉이 방송됐다. 아사기 아저씨네에서는 평소에 딱히 그 드라마를 듣는 것 같지 않았는데, 가즈히코가 우연히 튼 라디오에서 테마송이 흘러나와 어쩌다 보니 다 같이 듣게 되었다.

이미 봄부터 하고 있는 연속 드라마라 이야기의 흐름은 잘 이해되지 않았다. 게다가 남녀 주인공의 엇갈린 운명이 소년인 내게는 그저 답답하고 안타깝기만 했다. 하지만 지금쯤 히토미 고모도 이걸 듣고 있겠지, 라는 생각을 하며 삼십 분 동안 귀를 기울였다.

IV

구라사와 히토미

1940년~1945년

1

열여섯이라는 나이에 비해 순진하고 명랑한 아가씨였다. 잘 토라져 가끔 곤란했지만, 또 그런 점이 귀엽기도 했다.

히토미와의 교제는 그녀가 보낸 연애편지를 계기로 시작되었다. 전부터 내가 은근히 자기를 보고 있었다는 걸 알아차렸는지, 초여름의 어느 날 통학 전차에서 내리면서 그녀가 내게 슬며시 편지를 주고 간 것이다. 그때 나는 근무 중이었다. 아직 기관사가 되기 전으로, 차장으로 일하던 시기였다.

1940년 당시, 호큐 전차는 노선 주변에 있는 여학교의

등교 시간에 맞춰 전용 열차를 운용했다. 혼잡한 아침 시간대에 여학생들을 보호하려는 목적에서였다.

히토미가 다니는 고베 여학원에도 전용 열차가 다녔다. 열차 한 량이 편성되었고 그 열차가 역마다 정차해 학생들을 태우고 학교 가까운 역까지 실어 날랐다.

한신 일대에서는 보통 '여학원'이라 줄여 부르는 고베 여학원은 개신교 계열의 미션스쿨이다. 몇 정거장 떨어진 천주교 계열의 오바야시 성심여자학원은 규율이 엄격한 요조숙녀 학교로 알려진 만큼 전용 열차 안도 비교적 조용했는데, 고베 여학원 전용 열차는 끊임없이 재잘대는 수다에 하이톤의 웃음소리가 섞여 시끌벅적했다. 이 학교는 교복을 입지 않아서 그 점이 더 자유분방한 인상을 주었는지도 모른다.

히토미가 건네준 편지는 그 또래의 여학생이 쓸 법한 전형적인 연애편지로, 지나친 감수성과 자기애, 몽상으로 점철된 유치한 내용이었다. 처음엔 어이없어 웃었지만, 두 번, 세 번 다시 읽다 보니 그 유치함에서 묻어 나오는 순수한 호감이 느껴져, 그녀를 품에 안고 머리라도 쓰다듬어주고 싶은 기분이 되었다.

다음 날 아침, 전용 열차에 오르는 히토미를 향해 나는 말 없이 미소를 지어 보였다. 그녀는 순간 볼이 새빨개져 고개를 숙이고 여학생들 무리에 섞여 몸을 숨기려 했는데, 내릴 때는 마음의 동요가 많이 가라앉았는지 나이와 다르게 조숙해 보이는 야릇한 눈길을 내게 남기고 갔다.

히토미는 수줍음이 많은 성격인데도 적극적이었다.

"같이 고베항으로 외국 배를 보러 가지 않을래요? 꼭 같이 가요!"

두 번째 편지에서 이렇게 데이트 신청을 해왔다.

외국 배가 정박해 있는 부두를 우리는 나란히 걸었다. 단발머리를 한 히토미의 앞머리가 바닷바람에 날려 이마가 훤히 드러났다. 아직은 연애편지 같은 걸 쓰기보다 부모에게 어리광을 부리는 게 더 어울리는 앳된 얼굴이었다. 내 옆에서 한껏 새침한 얼굴을 하고 있는 모습이 오히려 우스워 나도 모르게 미소를 지었다.

"어, 왜요? 왜 웃어요?"

나를 올려다보는 눈, 그 어리둥절한 표정이 더욱더 재밌어 나는 소리 내 웃었다.

"왜, 왜, 왜요? 뭐가 웃겨요?"

내 팔을 붙들고 흔든다.

나는 고개를 저으며 "아니, 아무것도 아냐." 하고 얼버무렸다.

히토미는 영문도 모른 채 웃음거리가 돼 상처를 받았는지 입을 꾹 다물더니 눈물까지 글썽거렸다. 나는 그녀의 어깨에 팔을 두르고 그녀를 달랬다. 기분이 풀릴 때까지 한참 걸렸다.

히토미의 학교가 여름방학을 한 후에는 둘이서 롯코산을 오르기도 했다.

롯코역에서 만나 버스를 타자마자 곧장 내 손을 잡은 히토미는 로프웨이 안에서는 깊은 계곡을 주뼛주뼛 내려다보면서 손을 한층 더 힘주어 잡았다.

산 위에는 연못이 많았다. 히토미와 나는 그중 하나인 호리병 연못가에서 도시락을 펼쳤다. 연못 가득 우거진 수련 사이로 앙증맞은 하얀 꽃이 피어 있고, 그 위를 잠자리가 부산스레 날아다녔다. 아랫동네보다 7, 8도는 더 시원해서 기분 좋은 장소였다.

도시락을 다 먹고 나자 히토미는 다리를 옆으로 모은 채 내 어깨에 몸을 기댔다. 그녀가 얘기하는 화제는 대부분 학교에서 일어난 일이었는데, 그 밖의 세상을 아직 잘 모르는 나이일 때라 어쩔 수 없다고 생각했다. 교사나 친구 이름을 얘기해도 내겐 지루할 뿐이었지만, 지루함을 내색하지 않고 고개를 끄덕이며 듣는 척했다.

"○○이란 애는요, 얼굴은 예쁘지만 너무 건방져요. 그래서 걔 별명이 백조예요. 반달가슴곰은 그런 성격도 모르면서 항상 걔만 편애한다니까요. 아, 반달가슴곰은 영어 선생님이에요. 교단 위에서 오른쪽으로 갔다 왼쪽으로 갔다 하는 게 동물원의 곰이랑 똑같거든요."

히토미는 수다를 떨면서 하얀 모자를 손가락에 씌워 빙글빙글 돌린다. 그러더니 갑자기 시를 암송하기 시작했다. 나는 그때까지 그런 것은 소녀 취향의 극치로 여겨 싫어했다. 그러나 히토미에게는 그런 소녀 취향이 지나칠 정도로 잘 어울렸기에 산들거리는 바람 소리에 귀를 기울이는 심정으로 조용히 들어주었다.

8월의 언덕길에,
아름다운 황금빛이 흐느낀다.
귀뚜라미도 흐느낀다.
풀숲도 함께 흐느낀다.

내 마음의 언덕길에,
미끄러지는 그대의 슬픔이 흐느낀다.
기쁨도 흐느낀다.
악연惡緣의 깊은 공포도 흐느낀다.

8월의 언덕길에,

아름다운 황금빛이 흐느낀다.

"기타하라 하쿠슈의 시예요. 제목은 '8월의 밀회'."

어지간히 많이 흐느끼네, 하고 나는 그녀가 토라지지 않을 정도로만 가벼운 농담을 던졌다. 그러나 그 시의 한 문장이 가시로 뒤덮인 도꼬마리(국화과의 한해살이풀로 짧고 빳빳한 털이 빽빽하게 감싸고 있다)의 작은 열매처럼 내 가슴에 박혔다.

악연의 깊은 공포도 흐느낀다.

이윽고 히토미는 자신의 가족 얘기를 했다.

"우리 오빠 정말 나쁜 사람이에요. 밖에 애인이 따로 있어요. 그런데 새언니도 그걸 아는 것 같아요. 아버지가 돌아가시고 무서운 사람이 없어서 그런가, 오빠는 아주 제멋대로예요. 회사 쪽은 도맡아 하면서 돈을 꽤 버는 모양인데, 그래서 그런지 아무도 오빠한테 뭐라고 하질 못해요."

그녀의 오빠 구라사와 기쿠오는 아시야에 있는 저택을 소유한 부자다. 오사카 센바의 섬유 도매상을 본업으로 하면서 부동산 거래 등으로도 성공한 모양이다.

"나랑은 나이가 띠동갑 이상 차이가 나서 남매라 해도 거의 부모님 같은 느낌이에요. 자기는 제멋대로 굴면서 나한테는 사사건건 잔소리를 얼마나 하는지. 그게 싫어서 되도록 얼굴을 안 마주치려고 해요."

우리는 자리에서 일어나 호리병 연못을 뒤로하고 주변 산길을 산책했다. 히토미가 내 손을 잡고 달랑달랑 흔들면서 이런 말을 했다.

"있잖아요, 여기서 좀 더 올라간 곳에요, 오빠가 별장을 짓고 있어요. 부지가 넓어서 아시야 집보다 더 크게 짓는대요. 올여름엔 안 되겠지만 내년에는 이용할 수 있대요. 그러면 난 여름 동안 혼자 아시야 집에 남으려고요. 더운 건 별로 상관없으니까 아시야에서 자유롭고 느긋하게 지낼 생각이에요. 그러면 우리 둘도 시간에 구애받지 않고 편하게 만날 수 있을 테고."

길 한쪽 편으로 탁 트인 풍경이 펼쳐져, 시내 거리와 바다가 아래로 내려다보였다. 우리는 그 자리에 멈춰 서서 잠시 그 경치를 감상했다.

"호큐 전차가 지나가네요. 저건 미카게역인가? 아니면 오카모토역? 우리 집은 어디쯤이지? 여기서 보일까요?"

해발 800미터에서 내려다보는 풍경으로는 모든 것이

미니어처 같다. 선로를 달리는 전차는 간신히 분간할 수 있어도, 사람의 모습은 식별하기 어렵다. 인간 따위 아무도 살지 않는 것 같다.

하늘을 지나가는 구름 그림자가 시내 거리를 핥듯이 천천히 기어간다. 거리 한 모퉁이가 어두워졌다가 밝아지고 다시 어두워진다. 나는 그 그림자를 내 손바닥이라 상상해 본다. 손바닥으로 거리를 쓰다듬어간다. 비루하고 불성실한, 뻔뻔한 인간이 사는 거리를.

"무슨 생각 해요?"

히토미가 내 얼굴을 들여다본다.

"아냐, 아무것도."

나는 다시 미소 짓는다.

2

히토미의 새언니를 본 적이 있다. 내가 근무 중인 전차에 히토미와 함께 탔다. 피부가 희고 아름다운 이십 대 중반의 여자였다. 좌석에 단정한 자세로 앉아 기모노 허리띠에서 부채를 빼 천천히 부치는 모습에서 곱게 자란 분위기가 배어 나왔다.

나중에 히토미에게 물어보니 그렇다고 답했다.

"맞아요, 그 사람이 새언니예요."

우메다의 호큐 백화점에 같이 갔다고 한다. 가정부와 함께였고 어린 남자아이도 데리고 있었다.

"걔는 다섯 살이에요. 애가 좀 예민해서 자동차를 타면 멀미를 하거든요."

그래서 구라사와 집안에는 운전기사가 딸린 자가용이 있지만, 그 남자아이를 데리고 외출할 때는 일부러 전차를 이용한다고 한다.

"그런데 우리 새언니, 다섯 살 아들이 있는 여자로 보이지 않죠? 상당한 미인이죠? 그런데도 오빠는 바람을 피우다니. 아니, 바람만 피우면 다행이죠. 세상에, 살림까지 차렸다니까요."

그러더니 한숨을 내쉬고는 내 손을 만지작거리며 "남자는 다 그래요?"라고 천진하게 물었다.

가을 학기가 시작된 후로 히토미는 내가 사는 집까지 찾아오곤 했다. 내가 비번인 날 저녁, 하굣길에 들러 삼십 분 정도 시간을 보내다 갔다. 특별히 뭘 하는 것은 아니고 내게 기대앉아 과자를 먹다가 시계를 보고 날이 저물기 전에는 돌아갔다.

그러던 어느 날, 웬일인지 침울한 얼굴로 눈을 내리깔고 찾아온 적이 있다. 신발을 벗고 들어오려 하지도 않고 책가방을 늘어뜨리고는 현관에 선 채 입술을 파르르 떨고 있었다. 그 모습을 보고 먼저 떠오른 생각은, 그녀의 오빠가 우리의 교제를 알고는 헤어질 것을 명령한 게 아닐까 하는 것이었다. 그러나 그건 아니었다. 히토미는 어제 내가 다른 여학생에게 편지를 받는 모습을 봤다며 토라져 있었다.

히토미 앞에서 그 편지를 찢어 보이자 그녀는 내 가슴에 얼굴을 묻고 어리광을 부렸다. 그런 그녀를 안아주면서 나는 스스로에게 냉정히 물었다.

나는 지금 무얼 하려는 걸까. 히토미를 사랑스럽게 여기긴 하지만 단지 그뿐일까. 순수함을 미끼로 그녀를 이용하려는 마음이 전혀 없다고 할 수 있을까. 대답은 쉬나오지 않았고, 나는 히토미의 머리칼과 어깨를 공허하게 쓰다듬으며 내 마음속을 가만히 들여다보았다.

그날 밤, 애인이 찾아왔을 때도 나는 여전히 히토미를 생각하고 있었다. 다른 이의 아내인 그녀와 한창 애무를 나누는 내내 히토미와의 교제를 어떻게 해야 할지 고민했다.

"어쩌면 좋아. 이제 남편으로는 절대 만족할 수 없는 몸이 됐다니까."

신음이 섞인 애인의 투정에 손가락이 바쁘게 응하면서도 머릿속으로는 히토미를 생각하고 있었다.

어느 날, 나는 마음을 단단히 먹고 히토미에게 말을 꺼냈다. 이제 오지 않았으면 좋겠다고. 그러자 그녀는 몸을 비비 꼬며 울먹였다.

"왜 그런 말을 해요?"

그러면서 집에 가려고 하질 않았다. 몇 번이고 시계를 쳐다보던 나는 결국 그 고집에 지고 말았다. 알았어, 다신 그런 말 안 할게. 안 할 테니까 얼른 집에 가. 가족이 걱정해서, 하고 등을 쓰다듬었다.

"정말이죠? 아까 같은 말은 이제 안 하는 거예요?"

"안 해."

"두 번 다시 그런 장난은 하면 안 돼요. 정말이에요."

히토미는 가방을 집어 들고 나를 살짝 흘겨보더니, 어깨를 가볍게 부딪치고는 돌아갔다.

이듬해 겨울에 미국, 영국과의 전쟁이 시작됐고, 그로부터 1년 후 나는 차장에서 기관사로 승진했다.

　이론 교육, 운전 실습, 견습 탑승을 거쳐 정식으로 기관
사 임명을 받자, 히토미가 긴쓰바(밀가루 반죽에 팥소를 넣
어 만든 일본 전통과자)를 사와 조촐한 축하 파티를 해줬다.

　"기관사님, 유니폼 입고 경례해 봐요."

　나는 말 같지도 않은 주문을 하지 말라며 히토미의 요
청을 무시했다.

　"아이, 그러지 말고 한번 입어봐요. 친구네 오빠한테
카메라 빌려왔단 말이에요. 사진 찍게 해줘요."

　하도 졸라대는 통에 못 이기는 척 옷을 갈아입고 밖으
로 나왔다.

　호큐전철의 남색 유니폼에 달린 새 기관사 배지. 히토
미는 그것을 자신의 손수건으로 닦으면서 흐뭇한 표정을
지었다.

　"자, 그럼 찍겠습니다. 경례 부탁해요. 와, 늠름하다, 멋
져요, 반하겠어요!"

　사진을 찍으며 히토미는 혼자 신나서 떠들어댔다.

　히토미는 나를 사랑했다. 그건 분명한 사실이었지만,
그 사랑은 홍역처럼 여학생이 겪는 일시적인 열병에 지

나지 않는다고 나는 생각했다. 몸과 마음이 성장하면서 열병은 점차 사그라들어, 나를 떠나 현실적인 배우자를 찾을 것이라 믿었다. 대부분의 소녀는 그렇게 어른이 되어가는 법이니까.

하지만 의외로 그녀와의 교제는 전쟁 중에도 줄곧 이어졌다. 단, 육체적으로는 깊은 관계에 빠지지 않는, 소꿉장난 같은 교제였다.

여학원을 졸업한 히토미는 대학에 진학하지 않고 그대로 호큐 백화점에 입사했다. 나랑 같은 호큐 사원이 되고 싶다고 했다. 호큐 백화점은 이른바 '양갓집 자녀'들이 많이 근무한다고 알려졌기 때문에 히토미의 오빠도 그녀가 '일하는 여성'이 되는 것을 그리 심하게 반대하진 않았던 것 같다.

"남자 직원이 무지 적어요. 있어도 다 마흔 넘은 사람들뿐이고."

히토미는 그렇게 말했지만, 그건 정부에서 발표한 '노무통제령勞務統制令' 때문이었다. 젊은 남자는 평화산업에 종사할 수 없게 하는 이 제도 때문에 호큐에서도 백화점 부문의 남자 직원들을 전철 부문으로 한창 인사이동을 시킨 것이다.

"그건 그렇고, 작은 오빠가 도쿄에서 돌아왔어요."

히토미는 삼 남매 중 막내로, 작은 오빠는 히토미보다 네 살이 많았다.

"병가 휴학이라지만, 분명 꾀병일 거예요. 어떻게 봐도 쌩쌩한걸요."

조만간 학도병 동원령이 발표될 거라는 소문이 항간에 떠돌고 있었다.

1944년이 되었다.

"백화점의 엘리베이터를 떼어갔어요. 열두 대였던 게 세 대밖에 안 남았어요."

히토미가 "금속류 공출 때문이래요"라고 설명을 덧붙였다.

그리고 몇 달 후에는 "다섯 대 있던 에스컬레이터도 전부 철거해 갔어요. 매장 물건도 자꾸 줄고, 다음엔 백화점 일부를 군수공장에 빌려준대요. 어쩔 수 없다는 건 알지만, 왠지 좀 서글퍼요."

그렇게 말하며 한숨을 내쉬었다.

히토미에게 혼담이 들어온 것은 그해 겨울이었다. 이미 스무 살이고, 만으로도 열아홉이 되었으니 이제 그런

이야기가 나와도 그리 놀랍지 않았다. 상대는 도쿄 제국대학을 졸업한 대장성(일본 정부 운영을 위한 자금 조달 행정 기관으로 메이지 유신 때부터 존재했으며 2001년 이후 재무성으로 바뀌면서 사라졌다) 공무원으로, 반년 전에 세무서장으로 간사이에 부임했다고 한다.

"오빠가 그 사람을 아시야 집에 초대한 적이 있는데, 실은 그게 맞선 자리였던 거예요. 난 아무것도 모르는 사이에 이야기가 진척돼 얼마나 놀랐는지 몰라요."

아무 말 없이 화롯불을 쬐고 있던 나를 히토미가 뒤에서 껴안으며 말했다.

"당연히 난 거절했죠. 그렇지만 오빠는 날 그 사람과 결혼시키고 싶어서 어떻게든 내가 승낙하게 하려고 필사적이에요. 겁을 줬다가 달랬다가 도무지 포기를 안 하더라고요. 그래서 내가 우는 시늉까지 하면서 어쨌든 전쟁이 끝날 때까지는 결혼 같은 건 생각 안 한다고, 이런 비상시국에 결혼하겠다고 호들갑을 떠는 것도 국민으로서할 일이 아니라고, 이러면서 반격했죠. 그랬더니 그제야 아무 말 못 하고는 휙 나가버렸어요."

그리고 1945년, 종전의 해가 왔다.

미군기의 공습이 심해져, 호큐전철의 선로와 역, 차량

이 수시로 피해를 입었다.

3월에는 고베선의 롯코역과 미카게역 사이가 폭격을 맞았는데, 내가 운행하는 전차가 그곳을 통과하고 오 분 뒤의 일이었다.

6월에는 간자키가와역 근처에서 객차 두 량이 폭격으로 파손됐다.

히토미와도 여유롭게 만날 수 없게 됐다. 그러자 그녀는 여학생 때처럼 이따금 편지를 보내왔다. 어느 날, 쓰다 만 편지를 오빠한테 들켰다며 다른 편지를 통해 알려왔다. 누구한테 쓰는 거냐고 추궁당해서 그냥 친구한테 쓰는 거라고 얼버무렸지만 오빠가 납득했는지는 잘 모르겠다고 적혀 있었다.

4

어느 여름날 저녁이었다.

나는 우메다역 플랫폼을 걸어 전차 운전석으로 향하고 있었다. 고베선의 일반 전차다. 특급이나 급행 운행은 이미 없어졌고 일반 전차의 운행 수도 줄었지만, 그 대신

이전까지 두 량 편성이었던 전차가 세 량 편성으로 바뀌었다.

그 세 량짜리 전차 맨 앞 차량의 운전실 입구 옆에 키큰 남자가 서 있는 것을 알아챘다. 당시 군인이 아닌 남자들이라면 누구나 입고 다니던 국민복에 각반(발목부터 무릎 아래까지를 돌려 감거나 싸는 띠)을 착용한 복장이라 부유함이 줄줄 흐르는 분위기는 전혀 풍기지 않았지만, 그 남자는 분명 히토미의 오빠 구라사와 기쿠오였다.

완만한 아치 지붕 밑 플랫폼에는 아직 한낮의 뜨거운 열기가 남아 있었다. 하지만 내가 땀을 흘리는 건, 물론 열기 때문이 아니었다.

내가 다가가자 기쿠오도 성큼성큼 다가왔다. 갈색 가죽 서류 가방을 한쪽 옆구리에 끼운 채였다. 배우처럼 약간 평평하고 단정한 얼굴이 분노와 증오로 살짝 일그러져 있었다.

나는 근무 중이라 전차를 운전해야만 한다. 상대를 무시하고 지나가려는데 그가 내 어깨를 거칠게 잡으며 나를 멈춰 세웠다.

"내 동생을 어떻게 할 작정이야?"

감정을 애써 억누른 듯한 목소리였다.

"목적이 뭐야?"

나는 말 없이 그의 손을 뿌리치고, 평소처럼 운전실로 들어가 문을 닫았다. 계절이 계절인 만큼 문에 달린 창문은 열어놓고 있었다. 그 창문 너머로 구라사와 기쿠오가 나를 매섭게 노려보았지만, 나는 침착하게 브레이크 핸들을 운전대에 끼운 다음, 발차 준비 완료를 차장에게 알리는 버튼을 눌렀다. 발차 신호인 호루라기 소리가 들리자 기쿠오는 문이 닫히기 직전에 서둘러 객차로 올라탔다. 운전석의 대각선 뒷자리에 서서 계속 나를 노려보는 시선을 애써 떨쳐내면서 나는 신호기를 확인했다. 그런 다음 침착하게 "출발 진행!"을 구령하고 브레이크를 해제했다.

우메다역을 출발하면 곧장 가파른 오르막길이 나온다. 그 오르막을 단숨에 오르기 위해 의식을 집중했다. 자재가 부족해 모터 수리를 제대로 하지 못한 탓에, 세 량의 객차 중 엔진이 달린 건 한 량뿐이다. 나머지 두 량은 모터가 없는, 말 그대로 그냥 상자인 셈이다. 당연히 힘이 떨어진다. 급경사를 끝까지 오르지 못하고 반대로 내려가는 사고가 나기도 한 구간이라 정신을 바짝 차리고 운전에 집중했다.

간신히 오르막을 오르고, 이윽고 나카쓰역에 도착했다. 뒤를 돌아보자 구라사와 기쿠오가 흔들림 없는 눈빛으로 집요하게 나를 노려보고 있었다. 나도 몇 초간은 같이 노려봤지만, 곧 허탈한 마음이 들어 한숨을 내쉬며 정면을 바라본 뒤, 발차 호루라기 소리와 함께 다시 운전에 전념했다.

그런데 잠시 후 공중 습격을 당했다. 대규모 공습이었다. 전차는 슈쿠가와역을 출발해 아시야가와역으로 향하던 중이었다. 나는 노선 중간에 전차를 세우고 승객들을 내리게 해 대피시켰다. 그리고 브레이크 핸들을 뺀 다음, 차장과 함께 차량 밑으로 숨어들어 상황을 살폈다.

뉘엿뉘엿 넘어가는 해가 채 떨어지기도 전에 하늘이 B29 폭격기 부대로 뒤덮였다. 특히 뒤쪽의 니시노미야 방면에서 엄청난 폭음이 울려 퍼졌다. 땅을 뒤흔드는 굉음이 점점 가까워지자 차장은 겁을 먹었는지 차량 밑에서 기어 나가 선로와 직각 방향으로 달려갔다.

그의 판단은 옳았다. 전투기는 우리 전차를 습격해 선로를 따라 총격을 가했다. 기관총탄이 전차 지붕을 종잇장처럼 뚫었다. 총탄이 차량 바닥 밑에 있는 나에게까지 닿지는 않았지만, 선로 옆으로 튕겨 나간 탄환이 자갈을 맞고 튀는 바람에 그 파편이 내 오른쪽 정강이를 으스러뜨렸다. 나는 통증에 신음하면서 몸을 웅크리고 시간이 흐르길 기다렸다.

마침내 공습이 끝났다. 내 오른쪽 다리는 피범벅이 된 상태였다. 사력을 다해 차량 밑에서 기어 나왔지만, 도저히 일어나 걸을 수는 없었다.

사위가 급속도로 어두워져 갔다. 도움을 청하고 싶었지만, 주위엔 사람 그림자도 보이지 않았다. 나도 모르게 탄식이 흘러나왔다. 그때 자갈을 밟으며 걸어오는 발걸음 소리가 났다. 처음엔 차량 반대편에서 들리다가 앞으로 돌아와 시커먼 사람 형체의 그림자가 되어 내 앞에 나타났다.

니시노미야 방면에서 공습 후 화재가 확산되고 있는지 주변 하늘이 붉게 물들고, 그에 반사된 빛이 눈앞에 선 사람을 흐릿하게 비추었다. 구라사와 기쿠오였다. 그가 내 옆에 와서 쭈그려 앉으며 "다쳤나?" 하고 물었다.

"도움이 필요해? 하지만 나한테 그런 기대는 하지 마. 난 네 손아귀에서 여동생을 구하는 게 먼저거든."

그러고는 들고 있던 서류 가방을 열어 무언가를 꺼냈다. 붉은 하늘에 반사된 빛을 받아 적동색의 희미한 금속 광택을 내뿜는 그것은, 권총이었다.

"발터야. 친하게 지내는 육군 대령한테 호신용으로 받았지. 혼란한 틈을 타서 널 처리하기로 했다. 기관총 탄환과는 전혀 다르지만, 공습당한 와중에 검시를 그렇게 자세히 하진 않겠지."

나는 기어서 도망치려 했지만 물론 헛수고였다. 선로 옆 수풀 위에서 구라사와 기쿠오는 내 배에 한쪽 무릎을 올리고 머리에 총구를 들이댔다. 여름 초저녁의 풀숲에서 풍기는 후텁지근한 열기에 뒤섞여, 권총에 바른 녹막이 도료 냄새가 났다.

"아……." 하고 짧은 탄식을 내뱉은 기쿠오는 일단 내 머리에서 총구를 뗐다. 안전장치를 해제하는 걸 잊어버린 거다. 게다가 그는 왼손잡이라 한 손으로는 풀 수 없는 것 같았다. 그 순간, 문득 내가 오른손에 뭔가를 쥐고 있다는 걸 깨달았다. 전차를 세우고 운전대에서 뺀 뒤 줄곧 움켜쥐고 있었던 브레이크 핸들이었다.

기쿠오가 다시 총구를 들이밀기 직전, 나는 그 브레이크 핸들로 그의 관자놀이를 힘껏 후려쳤다. 일격을 당한 그는 수풀 속에 쓰러져 움직이지 않았다. 언제까지고 움직이지 않았다. 나는 서둘러 그의 손에서 권총을 빼내고 경동맥을 살폈다. 박동이 없었다.

나는 나 자신을 설득해야 했다. 죄책감에 시달릴 필요는 없다. 이건 정당방위니까. 하지만 그걸 타인에게 증명할 방법은 없었다. 권총? 그걸 기쿠오가 내게 겨누는 모습을 본 사람은 아무도 없다.

나는 들고 있던 권총을 풀숲에 숨기고 기어서 그곳을 떠났다. 밭과 들판을 죽기 살기로 기어가는데 빗방울이 하나둘 떨어졌다. 이내 빗줄기가 굵어졌다. 화재로 인한 상승 기류가 하늘을 뒤흔든 탓인지 모든 것을 씻어내릴 듯한 세찬 비였다.

V

롯코산

1952년 여름〔3〕

1

8월 1일 금요일 보슬비

오늘도 비가 오락가락했다.

도쿄의 가족에게 엽서를 보냈다.

오후에 가즈히코랑 장기를 뒀다.

아침에 엽서를 썼다. 아사기 아주머니가 권했기 때문이다. 롯코산에 온 지 일주일이 지났고, 내가 어떻게 지내는지 가족이 걱정할지도 모르니 편지를 보내라 하셨다. 편지라면 왠지 길게 써야 할 것 같아 나는 엽서를 보내기로 했다.

전략.

도쿄는 더운가요? 이곳은 시원합니다.

저는 잘 지내고 있습니다. 가즈히코와도 친해졌어요.

며칠 전엔 고시바 이치조 회장님을 만났습니다. 비프스테이크를 사주셨습니다.

그럼 다들 건강히 지내세요. 이만 총총.

스스무 올림

나는 혼자서 엽서를 부치러 가기로 마음먹고, 우체통이 있는 장소를 가즈히코에게 물어봤다.

"케이블카 역에 있어. 물론 우체국에도 있고. 둘 다 거리는 비슷해."

케이블카 역에서부터는 오르막길을 올라온 기억이 있다. 반면 우체국은 로프웨이 폐역 바로 옆에 있는데 그쪽으로 가는 길은 거의 평지였다.

나는 우체국으로 향했다. 우산을 들고 나왔으나 비는 잠시 멎어 있었다.

우체국 앞에서 가오루와 히토미 고모를 만났다.

"어, 스스무 안녕? 어디 가는 거야?"

가오루가 폴짝거리는 발걸음으로 다가왔다. 하얀 원피

스 위에 투명 비닐 비옷을 걸쳤다. 비가 그쳐서인지 비옷에 딸린 후드는 뒤로 내리고 앞 단추도 풀어둔 상태다. 머리는…… 땋았다.

"안녕! 안녕하세요!"

나는 두 사람에게 각각 인사했다.

히토미 고모는 꽃무늬 우산을 들고, 다른 손으로는 흰색 핸드백을 들고 있었다. 흰색 블라우스와 흰색 스커트. 흰색 헤어밴드.

"혼자니?"

히토미 고모가 물었다.

"네, 우편물 부치러 온 거라."

나는 손에 든 엽서를 보여주었다.

"우리는 지금 롯코산 호텔에서 차를 마시고 왔어."

가오루가 미국인처럼 엄지손가락으로 뒤쪽을 가리킨다. 호텔은 바로 코앞이다.

"그 엽서, 어디 보내는 거야?"

"가족한테."

"음, 보여줘."

가오루가 손을 내밀기에 난 엽서를 뒤로 감추며 두 사람에게 인사했다.

"그럼, 다음에 봐."

황급히 우체국 앞 우체통을 향해 걸어가 엽서를 넣고 뒤를 돌아보자, 히토미 고모는 등을 보이며 멀어져 가고 있었지만 가오루는 제자리에 서서 이쪽을 보고 있었다. 날 기다리는 것 같았다.

"좀 전에 고시바 이치조 회장님이 자동차를 타고 호텔을 나가는 걸 봤어."

나란히 걸으며 가오루가 말했다. 가오루와 단둘이 있는 건 처음이라 기쁘기도 하면서 왠지 어색하기도 하고, 또 가즈히코에게 미안한 것 같기도 한, 갈피를 잡기 어려운 기분이었다.

"아직 제대로 된 산악 도로가 없다고 들었는데, 그럼 내려갈 땐 어떤 길로 가?"

딱히 지대한 관심이 있어서 물은 건 아니다. 대화가 끊기지 않게 하려고 던진 질문이었다.

"구불구불하고 울퉁불퉁한 길을 지나 롯코 뒤쪽으로 가. 그러면 아리마 가도를 돌아서 고베로 나가는 거야. 아니면 골짜기 길을 지나 니시노미야로 내려가거나. 그쪽 길도 구불구불하고 울퉁불퉁한 건 마찬가지지만."

한 손을 자동차에 비유해 요란하게 흔들며 가오루가 대답했다.

"음."

"그건 그렇고, 고시바 회장님 자동차 작더라. 높으신 분이니까 더 큰 차를 타면 좋을 텐데 기름값 아끼려고 전부터 줄곧 작은 차만 이용하신대."

어제 히토미 고모 방에서 본 광경이 문득 생각났다. 히토미 고모의 남편이 검은색 고급 차를 타고 나가던 광경.

"너희 건 크더라. 너희 고모부가 타는 차."

"언제 봤어?"

"어제, 히토미 고모 방에서 창문으로."

"아아, 그때."

가오루는 이맛살을 살짝 찌푸리며 내 쪽을 힐끗 보고는 갑자기 이런 말을 흘렸다.

"그 사람, 밖에 딴 여자가 있어."

"……."

뭐라고 대꾸해야 할지 난감했다. 말없이 걸으며 어제 일을 다시 떠올렸다. 남편의 귀가를 알고도 아래층으로 내려가지 않던 히토미 고모. 유리구슬을 들고 깊은 상념에 빠진 것처럼 가만히 쳐다보던 히토미 고모.

갈림길에 도착했다. 가오루는 그대로 곧장 가면 되지만 나는 오른쪽으로 꺾어야 한다.

"있잖아." 하고 가오루가 말했다.

"조금만 돌아서 가지 않을래? 조금만."

"멀리 돌아가자고? 어디를?"

"비밀 길이 있어. 사람들이 별로 다니지 않는 근사한 샛길. 여기서 좀 더 가서 왼쪽으로 들어가면 돼."

비는 거의 멎었지만, 요 며칠 계속 추적추적 내린 탓에 나무도 풀도 길도 공기도 습기를 흠뻑 머금어, 주위 풍경은 얇은 베일에 뒤덮인 것처럼 희뿌연 안개에 싸여 있다.

"평소엔 그냥 평범한 산길인데."

가오루가 조용하고 부드러운 어조로 말한다.

"비가 온 뒤에 사방이 이렇게 안개에 휩싸이니까 왠지 비현실적인 느낌이지 않아? 현실 세계에 있다가 뭔가 다른 세계로 길을 잃고 들어간 것처럼. 혼자라면 좀 무서울 텐데 누군가 옆에 있으니까 환상의 세계를 걷고 있는 것 같아서 정말 멋지지? 안 그래?"

"응, 그러네."

"……."

가오루는 걸음을 멈추고, 뭔가 불만스러워 보이는 표정으로 날 본다.

"응, 그러네. 그게 다야?"

나는 들고 있던 우산 끝으로 축축한 땅을 쿡쿡 찌르며

해명했다.

"난 가즈히코처럼 표현을 잘하지는 못해. 그렇지만 정말로 네 말대로야. 나도 너랑 똑같이 느껴."

가오루도 고개를 숙이고, 내가 낙엽이 뒹구는 땅을 쿡쿡 찌르는 것을 같이 내려다본다.

"그래, 스스무는 그걸로 됐어. 그런 점이 좋아. 미안해, 괜한 말을 해서. 난 말만 번지르르 잘하는 사람보다 이게 훨씬 좋더라."

"그건…… 가즈히코를 말하는 거야?"

"아니, 걔는 말만 잘하는 게 아니라 다른 것도 다 잘하잖아. 휘파람 빼고."

"그 녀석도 좋아해?"

나는 가오루의 이마와 내리깐 속눈썹과 동그스름한 콧등을 바라본다. 가오루가 고개를 들고 나를 다시 쳐다보며, 양어깨 앞으로 내려온 땋은 머리의 꼬리를 뒤로 넘긴다.

"응, 좋아해. 둘 다 좋아. 그러니까 같이 노는 거잖아. 그래도 이런 장소에선 가즈히코가 끼면 시끄러워질 거야. 환상적인 기분에 젖긴 힘들겠지, 분명."

후훗, 웃으며 다시 샛길을 걷는다. 투명한 비닐 비옷도, 그 아래의 하얀 원피스도 이 '환상적'인 풍경과 잘 어울린다.

"있잖아, 7월 초에."

가오루가 걸어가며 말한다.

"여름 동안 지낼 별장을 손보러 오는 미요 언니를 따라서 나도 올라왔거든. 그때 여길 걸었는데, 세백합 꽃이 피어 있는 거야. 지금은 꽃피는 시기가 지나서 꽃은 하나도 없지만. 아, 여기, 이게 세백합이야."

걸음을 멈추고 길가의 잎 무더기를 가리킨다.

"예쁘게 핀 연한 복숭아색 꽃이 향기도 좋았는데, 지금은 다 졌네."

나도 꽃 없는 세백합의 잎 무더기를 응시한다. 조릿대를 의미하는 세笹 자를 쓰는 만큼, 잎이 조릿대랑 무척 비슷하게 생겼다.

"스스무는 세백합 본 적 없지? 간토 지방에는 서식하지 않으니까."

아주 살짝 우월감이 묻어나는 말투다.

"간토 지방에선 안 자라는 거야?"

"그렇다고 했어, 삼촌이."

"삼촌?"

"우리 아빠 남동생. 그러니까 히토미 고모의 오빠 말이야. 삼촌도 아빠랑 같은 도쿄에 있는 대학에 들어갔어.

이것저것 가르쳐주는 것도 많고 재밌는 사람이야."

"그렇구나."

가오루는 세백합의 잎 하나를 손가락 사이에 끼우고는 "비에 젖어서 차갑다." 하며 날 본다. 나도 그 잎을 만졌다.

"연한 복숭아색 꽃이 필 때, 한번 보고 싶다."

"하얀 꽃도 피었었어."

"가즈히코가 그걸 보면 또 네 머리에 꽂으려 하려나?"

"아, 걔는 정말 부끄러운 행동을 아무렇지도 않게 한다니까. 못 말려, 진짜."

가오루가 어이없다는 듯 웃었다.

"그런데 흰 백합이라면 나도 네 머리에 꽂아주고 싶을 것 같아."

나도 모르게 그런 말이 나와버렸다. 가오루는 내 눈을 바로 코앞에서 바라보면서 "진짜?" 하고 속삭이듯 물었다. 잠시 침묵한 후에 대꾸했다.

"응."

그러자 가오루가 잎에서 손을 떼고는, 보이지 않는 꽃을 따는 동작을 하더니 내게 내밀었다. 난 그것을 받아 그녀의 왼쪽 머리에 꽂는 시늉을 한다. 가오루가 손으로 입을 가리고 슬며시 웃는다.

"이러면 아무도 못 보니까 창피할 것도 없겠다."

"시들지도 않고 말이지."

"그러네."

"눌러서 말리는 건 금지."

푸홋, 가오루가 또 한 번 웃었다.

"그만 가자." 하고 손목시계를 보며 말했다.

"오늘 오후에 놀러 가도 돼?"

"아, 오늘 금요일이라 오후에 고모한테 피아노 배워야 해."

가오루가 미안해하며 대답했다.

"금요일마다 배워?"

"응, 일주일에 한 번이라 그런가, 좀처럼 늘질 않아. 실은 더 자주 배우고 싶은데 오빠 공부에 방해된다고 해서……."

가오루가 눈을 내리깔며 중얼거렸다. 그러고는 갈래머리를 앞으로 넘기고 비옷의 후드를 쓰고 나서 앞 단추도 채웠다. 나도 우산을 펼쳤다.

우리는 딱 붙어서 샛길을 왔던 대로 다시 돌아 나간 후 갈림길에서 손을 흔들며 헤어졌다.

"그럼 내일 보자."

"응, 내일 봐."

오후에 가즈히코가 가오루네 별장에 놀러 가자고 했다.

나는 고개를 저으며 대꾸했다.

"안 돼. 오늘은 피아노 배우는 날이잖아."

가즈히코가 바로 되묻는다.

"어? 네가 그걸 어떻게 알아?"

"매주 금요일 오후에 피아노 배운다고 했잖아. 그렇게 말한 거 벌써 까먹었어? 처음 만난 날도 금요일이라 오후에는 못 놀았잖아."

태연하게 늘어놓는 내 말에 넘어간 가즈히코는 "아, 그랬지." 하고 고개를 끄덕이면서, 자신의 기억력에 자신이 없는 듯 풀 죽은 모습을 보였다.

둘이서 장기를 세 판 두었다. 여전히 열의라곤 없는 승부였지만, 나는 세 판 모두 가즈히코에게 승리를 양보했다. '추월'해 버린 데 대한 미안함을 그걸로 상쇄하려는 마음이었다.

2

8월 2일 토요일 맑음

드디어 날이 갰다.

166

가즈히코, 가오루와 야외에서 놀았다.

호리병 연못에서 순나물 캐는 걸 봤다.

아침에 가오루에게서 전화가 왔다. 날씨가 좋으니 밖을 좀 걷자고 했다.

호리병 연못가에서 만나 셋이서 산길을 쏘다녔다. 가즈히코가 야구방망이와 고무공을 가져왔다. 나무가 별로 없는 풀밭에서 우리는 가오루에게 배팅을 가르쳐줬다. 가즈히코가 투수, 내가 포수를 했다. 가즈히코는 최대한 느리게 공을 던져 가오루가 공을 치게 하려 했지만, 한껏 힘을 주고 휘두르는 가오루의 방망이는 허공을 가를 뿐이었다.

"그게 아냐. 허리로 치라고, 허리로."

가즈히코가 코치했지만 가오루에게는 도통 먹히지가 않았다.

"무슨 말인지 이해를 못 하겠어. 허리로 어떻게 공을 쳐."

가오루도 서서히 짜증 내기 시작했다.

"팔만 휘두르지 말고 허리부터 돌려서 치라는 거야. 스스무, 네가 시범 좀 보여봐."

나는 가오루에게서 방망이를 받아 휘두르는 동작을 해

보였다.

"실제로 치는 걸 봐야 알 것 같아."

가오루의 말에, 내가 자세를 잡자 가즈히코가 공을 던졌다. 약간 높이 오는 것을 힘 조절도 안 하고 그대로 쳤더니 탕, 하고 짜릿한 타격감을 남긴 채 공이 긴 포물선을 그리며 날아가 풀밭 바깥쪽 덤불 속으로 빨려 들어갔다.

"와, 대단해! 홈런이야!"

가오루는 박수를 쳤지만, 가즈히코는 앞머리를 옆으로 쓸어 넘기며 나를 노려보았다. 나도 스스로에게 혀를 찼다.

덤불로 가보려는 내게 "관둬, 그거 못 찾아"라며 가즈히코가 한숨 섞인 목소리로 고개를 저었다. 그러나 나의 부주의한 실책을 가오루만은 연신 감탄할 따름이었다.

"스스무, 야구 잘한다. 이러다 야구선수 되는 거 아냐?"

가오루가 그렇게 칭찬해 주는 바람에 가즈히코는 점점 더 뿌루퉁한 얼굴이 되었다.

가오루의 운동화 끈이 풀려 있었다. 내가 그것을 가리키자 그녀는 쪼그려 앉아 끈을 다시 묶었다. 끈을 다 묶고 숙이고 있던 자세를 일으킬 때, 가오루가 나를 보며 왼쪽 머리에 살짝 손을 대는 시늉을 했다. 지난번에 머리에 꽂은, 보이지 않은 백합을 손으로 매만지는 듯한 동작이었다. 나는 미소지었고 그녀도 미소를 보내왔다.

그 순간을 가즈히코가 목격한 모양이다. 가오루와 내가 둘만의 친밀감을 자아내기 시작한 걸 알아챘는지 가즈히코가 갑자기 말이 없어졌다. 그러더니 우리에게서 약간 떨어진 곳으로 가 낮게 자란 풀 잎사귀 끝을 야구방망이로 몇 번이나 연거푸 쳐냈다. 마치 골프 스윙을 연습하는 것 같았다. 훗날 그가 골프를 취미로 삼게 된 것은 이 일이 계기가 된 건 아닐까.

해가 중천에 떠올라 우리는 점심을 먹으러 일단 집에 돌아가기로 했다.

점심을 먹고 난 다음에 호리병 연못가로 다시 왔더니 소형 트럭이 한 대 세워져 있었다. 운전석에서 초로의 남자가 담배를 피우고 있었다. 연못 수면에는 커다란 빨랫대야처럼 생긴 배 네 척이 떠 있었는데, 그 위에 앉은 여자들이 물속에 손을 넣어 뭔가를 하고 있었다. 다들 수건을 뒤집어써서 머리부터 뺨까지 가리고 그 위에 밀짚모자를 써서 햇빛을 막았다.

"올해도 순나물 캐는 시기가 왔구나."

가오루의 말에 우리는 걸음을 멈추고 한동안 그 광경

을 바라봤다.

익숙한 손놀림으로 배를 저어 나아가는 중년 여성들 틈에 젊은 여자가 한 명 있었다. 그녀는 아직 신참인 듯, 노를 젓는 것도 서툴러 배가 불안정하게 기울어져 있다. 그러더니 갑자기 배가 더 크게 기울었고, 당황한 여자가 허리를 세우는 바람에 물이 배 안으로 들어갔다. 더더욱 놀라 어찌할 바를 모르는 여자가 균형을 잃고 허둥대다 그만 물속에 빠지고 말았다.

우리는 깜짝 놀라 그 모습을 지켜봤다. 빨랫대야 모양 의 배는 거의 반 정도까지 물이 찼는데도 가라앉지 않고 떠 있었다. 물에 빠진 여자는 얼른 손을 뻗어 배를 붙잡 았다. 다른 배의 여자들도 사고가 난 걸 알아챈 듯했지 만, 제각각 멀찍이 떨어져서 순나물을 채집하고 있어서 금방은 다가갈 수가 없을 것 같았다.

우리는 트럭에 있는 운전사를 돌아봤다. 그 남자도 여 자들이 웅성거리는 소리를 듣고 운전석에서 내려왔다.

"그러니까 하지 말라고 했는데."

남자는 투덜거리기만 할 뿐, 더 움직이지 않고 그저 보 고만 있다. 여자가 빨랫대야 배를 붙잡고 물가로 헤엄쳐 나오려 했지만, 수면을 덮은 수련 때문에 앞으로 나아가 기가 힘들어 보였다. 물가까지는 20미터쯤 되는 거리다.

그 순간 가즈히코가 옷을 입은 채 연못으로 들어가더니, 평영으로 수련을 헤치면서 여자의 빨랫대야 배에 다가갔다. 곧이어 한 손으로 배를 잡고, 배에 체중이 실리지 않도록 조심하면서 옆으로 헤엄을 쳐 끌기 시작했다. 가즈히코의 도움으로 속도가 붙어 빨랫대야 배와 여자는 발이 닿는 곳까지 금세 다다랐다.

"감기 걸리니까 셔츠 벗어. 바지도 벗는 편이 좋겠지만, 싫으면 셔츠만이라도 벗어."

가오루는 그렇게 말하면서 자신의 손수건으로 가즈히코의 머리를 바지런히 닦아주었다. 가즈히코는 셔츠만 벗어서 물기를 짰다.

"잘 봤나, 이 몸의 활약을."

가즈히코는 쑥스러움을 감추려고 괜히 농담을 했다.

"봤어, 봤어. 조마조마하면서 봤어."

몇 번이나 고개를 끄덕여 보이는 가오루의 목소리가 조금 들떠 있다.

"가즈히코는 정의의 사나이야."

"빨랫대야 배가 물에 떠 있는 상태였고, 안전하다고 생각해서 간 거긴 해."

"아무튼 대단해. 진짜 대단하다. 그렇지? 스스무도 그렇게 생각하지?"

"응, 그래."

또 가오루의 불만을 살 법한 짤막한 답변이었지만, 나
도 가즈히코의 행동력에는 진심으로 감탄했다.

그날은 오후도 셋이 함께 보냈다. 가오루가 가져온 예
의 그 쌍안경으로 골프장에서 사람들이 골프 치는 모습을
구경하기도 하고, 나무 그늘 밑에서 낮잠을 자기도 했다.

빨랫대야 배 사건으로 가즈히코에 대한 가오루의 평가
가 훌쩍 높아진 것은 분명했지만, 그렇다고 해서 그녀가
날 소홀히 대하는 건 아니었다. 다만 머리에 꽂은, 보이
지 않는 백합은 이미 까맣게 잊은 듯했다.

3

8월 3일 일요일 맑음

아사기 아저씨가 신사이바시와 도톤보리에 가즈히코와
나를 데리고 가주셨다.

시원한 곳에 익숙해져서인지 유난히 더 덥게 느껴졌다.

빙수를 두 번이나 먹었다.

이날은 특별히 기록할 만한 일이 없다. 쉬는 날에 오사카 시내를 안내해 준 아사기 아저씨한테는 죄송하지만, 기억에도 별로 남지 않았다.

4

8월 4일 월요일 맑은 뒤 저녁부터 보슬비
오후에 가즈히코와 함께 가오루네 별장에 갔다.
가오루의 어머니와 처음 마주쳤다.

젊은 가정부 미요의 안내를 받아 대문 옆 쪽문으로 들어갔다. 정원에 깔린 돌을 따라 별채 쪽으로 가는데, 정원수 그늘에서 나온 여자와 불시에 마주쳤다. 하얀색 여름 기모노를 입었고 입술에는 진한 루주를 발랐다. 뚱뚱해 보이지는 않지만 살집이 적당히 있고 피부가 하얬다.

여자가 "미요, 얘네는 누구니?" 하고 가즈히코와 나를 수상하다는 듯 빤히 쳐다본다.

"네, 가오루 아가씨 친구들이에요. 근처 별장에 산다고 해요."

그렇게 대답한 미요가 작은 소리로 우리에게 말했다.

"사모님이세요."

이 사람이 가오루 어머니구나, 하고 생각하면서 우리는 동시에 꾸벅 인사했다. 가오루 어머니가 무뚝뚝한 얼굴로 우리를 보며 미요에게 물었다.

"전에도 온 적 있어?"

"네, 두세 번."

"그래?"

갑자기 날아든 날벌레를 한 손으로 쫓으면서, 검사라도 하듯이 우리를 뚫어지게 쳐다보는 눈길을 거두지 않았다.

나는 그 자리가 점점 거북해졌다. 그때 반바지 차림의 가오루가 종종걸음으로 나타났다. 어머니가 우리와 만나고 있는 걸 별채에서 보고 있었는지도 모른다. 가즈히코와 내 옆으로 와서 우리와 나란히 어머니를 향해 선 가오루는 평소와는 다르게 조금 주눅 들어 보였다.

"친구들이라고?"

어머니가 확인차 묻자 가오루가 "네." 하고 경직된 얼굴로 고개를 끄덕였다.

"집에서 놀 거니?"

"아뇨, 날씨가 좋으니까 밖에서 놀게요."

"그래. 어쨌든 오빠 방해하지 말고."

"네."

고분고분 대답하는 가오루를, 그래도 아직 뭔가 못마
땅하다는 듯한 눈빛으로 쳐다보던 가오루 어머니는 결국
가즈히코와 나에겐 말 한마디 건네지 않은 채 안채 쪽으
로 사라졌다.

우리는 별장 밖의 나무 그늘이 진 풀밭에 앉아 이야기
를 나눴다. 가오루를 가운데 두고 가즈히코와 내가 양옆
에 앉았다.

"내일은 같이 못 놀아."

가오루가 풀잎을 뜯어 바람에 날리면서 말했다.

"아빠 기일이거든."

"종전되던 해에 돌아가셨다고 했지?"

그렇게 말했던 걸 분명 기억했다.

"어디서 돌아가신 거야? 외지(2차 세계 대전 패전 전의 지
배 지역을 의미한다)에서?"

내가 물었다.

"아니, 본토에서."

가오루가 그렇게 답하고는 덧붙여 설명했다.

"아빠는 육군에 군복을 납품하는 회사를 경영했기 때문
에 군대는 가지 않았어. 돌아가신 건 8월 5일 공습 때야.
아시야가와 건너편의 호큐 전차 선로 옆에서 발견됐대."

"니시노미야 일대가 당한 날이었지."

미간을 한껏 찌푸리며 가즈히코가 말한다.

"맞아, 니시노미야가 불바다가 돼서 여기서도 하늘이 붉게 보일 정도였는데, 그때 아빠가 돌아가신 거야."

하지만 우리가 지금 올려다보는, 나무 그늘을 벗어난 하늘은 맑고 푸르기만 하다.

"여기 별장에서 기일 법요를 지내는 거야?"

"아니, 아시야 집에서 스님을 불러서 지내. 그래서 가족 전부 아래로 내려갈 거야. 작년엔 7주기라 크게 했는데 올해는 간소하게 할 것 같아."

"한창 더운데 제사 지내려면 힘들겠다."

"맞아, 무릎 꿇고 앉아 있으면 오금에 땀띠가 생겨. 장례식 때도 계속 그렇게 앉아 있다가 땀띠 났던 거 생각나. 엄마 돌아가셨을 땐 훨씬 어렸을 때라 어땠는지 또렷하게 기억나진 않지만, 아빠 장례식은 일곱 살 때였으니까 지금도 기억이 생생해."

"응?"

가즈히코와 난 귀가 번쩍 뜨였다. 의아해하는 표정을 짓는 우리를, 가오루는 주변에 누가 엿듣는 걸 경계하듯 왼쪽과 오른쪽으로 고개를 돌려 번갈아 바라보고는 이렇게 고백했다.

"실은 나, 아빠가 바람피워서 낳은 자식이야. 진짜 엄마는 내가 네 살 때 병으로 돌아가셨어. 그래서 아빠가 날 맡아 키운 거야."

별거 아니라는 듯 말투는 덤덤했다.

"으응⋯⋯."

가즈히코와 나는 표정 관리에 애쓰며 당혹감을 감췄다.

"그러니까 아까 그 엄마는 내 진짜 엄마가 아니야."

그러고 보니 처음 만났을 때 가오루가 '우리 엄마도 도쿄에서 자랐다'라고 말한 게 생각났다. 그런데 방금 만난 가오루 어머니의 말투는 완전한 간사이 억양이었다.

"엄해 보이던데."

내가 그렇게 말하자 "그렇지도 않아." 하고 가오루가 고개를 숙이고 부정했다.

"집 안에서 하는 행동에는 깐깐하게 주의를 주지만, 밖에서는 뭘 하든 신경 안 써."

"그렇지만⋯⋯." 하며 가즈히코가 반론했다.

"혼자 시내에 가는 것도, 가르벤 호수에서 수영하는 것도 못 하게 하잖아?"

그러자 가오루가 살짝 웃으며, 풀 이삭을 만지작거리며 털어냈다.

"그건, 돌아가신 엄마라면 분명 이렇게 말했겠지, 하면서 내가 스스로에게 금지하고 있는 것뿐이야. 아까 그 엄마가 말한 게 아니야."

5

8월 5일 화요일 비

오후에 가즈히코와 빗속을 걸었다.

별장 진입로 청소도 했다.

"인간은 왜 우산이나 비옷 같은 걸 만들었을까?"

점심을 먹고 난 뒤, 가즈히코가 느닷없이 이런 말을 꺼냈다.

"뭐?"

내가 고개를 돌리고 되묻자 가즈히코가 기다렸다는 듯 설명했다.

"빗속을 걷기 위해서지. 비가 내릴 때마다 지붕 밑에 틀어박혀 있다면 새나 짐승과 다를 게 없잖아. 인간에게는 우산도 있고 비옷도 있으니까…… 우리도 밖으로 나가자."

"나가서 뭘 하려고, 빗속에서."

"걷는 거지."

"걷기만 해?"

"싫어? 너랑 장기 두는 것도 이젠 지겹다."

"나도 마찬가지거든."

"그러니까 밖에 나가자는 거잖아."

"알았어."

이런 대화를 주고받은 우리는 이내 회색 고무 비옷을 걸치고 빗속으로 나갔다. 그렇게 세찬 줄기는 아니고 안개비였다. 가느다란 빗방울이 얼굴에 들러붙는 걸 손으로 닦으면서, 나는 문득 나흘 전에 가오루와 걸었던 '환상적'인 샛길을 떠올렸다. 가오루와 함께라면 장대비가 쏟아지는 길을 걸어도 즐거울 텐데……

'혼자 갔다 와. 난 숙제라도 하고 있을게.' 차라리 이렇게 말할 걸 하고, 살짝 후회하면서 나는 한숨 섞인 소리로 물었다.

"어디로 갈 건데? 그냥 쏘다니기만 할 거야?"

그러자 가즈히코는 "전망대까지 가자." 하고 주저 없이 대답했다. 열흘 전에 가오루와 같이 갔던 그 전망대를 말하는 건가.

"비가 와서 먼 곳은 잘 안 보일 텐데."

"이 정도 비면 조금은 보일 거야."

"조금 보이는 정도로……"

말을 꺼내다가 문득 깨달았다. 가즈히코는 전망대에서 아시야 거리를 보고 싶은 거다. 가오루는 아버지 제사를 지내러 지금 가족과 함께 아시야 집에 내려가 있다. 와카야마 방면은 물론 오사카 거리도 비 때문에 부옇게 가려 안 보일 게 뻔하지만, 아시야 정도라면 흐릿하게 볼 수 있을지 모른다.

그렇다고 해서 가오루의 모습까지 보일 리는 없지만, 그럼에도 가즈히코는 가오루가 있는 장소를 보고 싶은 것이리라. 분명 그럴 거라고 나는 확신했다. 왜냐면 나도 그러고 싶어졌으니까…… . 이런 우리의 바보 같은 심리는 대체 무엇일까.

전망대에는 당연히 우리 말고는 아무도 없었다. 예상했던 대로, 먼 곳의 풍경은 회백색 비의 장막에 가려 아무것도 안 보였다. 그리고 이 또한 예상했던 대로, 얇은 베일 너머이기는 하지만 아시야 근처까지는 간신히 육안으로 알아볼 수 있었다.

아시야를 내려다보면서, 어제 가오루가 털어놓은 이야기를 마음속으로 곱씹었다. 어릴 때 친어머니를 잃고 아버지에게 맡겨졌는데 그 아버지도 종전되던 해에 돌아가시고, 그 후 7년 동안 계모 슬하에서 자랐다. 게다가 그 계모에게 가오루는 남편이 바람피워 낳은 자식이다.

가오루가 그렇게 복잡하고 미묘한 처지에 있을 거라곤 꿈에도 몰랐다. 히토미 고모가 예뻐해 주기는 하지만, 그래도 계모나 의붓오빠에게는 항상 눈치를 보며 지내겠지.

나와 가즈히코를 대할 때 보였던 붙임성 좋고 이것저것 명령하고 당당하고 제멋대로인 태도에서는 상상할 수 없었던, 계모 앞에서의 그 주눅 든 모습. 그 모습을 떠올리자 가슴 한구석이 저릿해졌다.

나와 나란히 아시야 방면을 내려다보던 가즈히코가 이윽고 한마디를 툭 내뱉었다.

"가오루한테 좀 더 다정하게 대해주자."

"우리가 별로 안 다정했나?"

내가 오히려 되물었다.

"지금보다 더 잘하자는 거지."

"그래…… 그러자."

그러고는 가즈히코가 쐐기를 박듯 나에게 말했다.

"그런데 그 녀석한테는 이런 얘기 하지 말자. 분명 기고만장해질 테니까."

갑자기 빗줄기가 거세졌다. 가즈히코가 걸친 고무 비옷의 머리와 어깨에 닿은 빗방울이 내 얼굴로 튀었다. 나한테 떨어진 빗방울도 가즈히코의 얼굴로 튀었다.

시선을 다시 아래로 돌리자, 아시야가 부예지고 있었다.

6

8월 6일 수요일 맑음

오전에 가오루를 불러내 셋이 산책했다.

오후에는 히토미 고모의 초대로 별장에 가서 수박을 먹었다.

내가 다니는 중학교에서는 어른을 동반하지 않고 찻집에 들어가는 것이 금지였다. 당시 그런 학교가 많았다. 그래서 여름방학 숙제로 쓰는 이 일기에는 한 줄도 적지 않았지만, 이날 우리 셋은 오전 산책을 하던 도중에, 어른을 동반하지 않은 채 찻집에 들어갔다. 롯코의 여왕 찻집이다.

"오늘은 좀 덥네. 아, 목말라. 물통 가져올걸."

가오루의 이 말이 계기였다.

"그래? 내가 얼른 집에 가서 물 가져올게."

가즈히코가 나섰다.

"뭐?"

가오루가 놀란다.

"물통에 물 담아서 갖고 올게."

뛰어도 왕복 십몇 분은 걸린다.

"됐어, 일부러 그러지 않아도 돼."

가오루가 얼굴 앞에서 부채질하듯 손사래를 친다.

"목마르잖아."

"그렇긴 하지만……."

그러자 가오루는 눈썹을 모으고 우리를 번갈아 보았다.

"오늘 너희 좀 이상하다."

실은 좀 전에 가오루가 나무뿌리에 발이 걸려 넘어졌을 때도 가즈히코와 내가 그 즉시 달려들어 양쪽에서 손을 내밀어 서로 부축해 일으키려 했다. 가오루는 우리 두 사람의 손길을 다 뿌리치고 스스로 벌떡 일어났다.

"안 다쳤어?"

"삔 거 아냐?"

우리가 입을 모아 걱정하자 가오루가 오히려 "내가 그렇게 심하게 넘어졌니?" 하고 되물었다.

가오루의 처지를 알게 된 가즈히코와 나의 과한 친절이 묘하게 겉돌고 있었다.

"마침 나도 목말라서 그래. 스스무, 너도 목마르지? 그렇지?"

가즈히코가 내게 물었다.

"응, 나도 목말라."

"그러니까 굳이 사양하지 않아도 돼."

가즈히코가 거듭 말했다.

"그럼 찻집에 들어가자."

가오루가 말했다.

"물 가지러 일부러 집에 가는 것보다 찻집에서 시원한 거 마시는 게 빠르잖아."

"이 동네 학교에선 금지 아니야?"

내가 물었다.

"금지지."

그게 어쨌다는 거냐는 표정으로 가오루가 대답했다. 갑자기 가즈히코가 열심히 호주머니를 뒤진다. 그 모습을 보더니 가오루가 말했다.

"내가 살게."

"그래도……."

나도 돈은 갖고 있지 않았다.

"사양하지 않아도 돼."

가오루한테 이끌려 우리는 롯코의 여왕 찻집으로 들어갔다.

"전에 삼촌 따라서 와본 적 있어."

조그만 간판 하나만 덩그러니 내놓은 평범한 가게다. 전시 중 공습을 피해 오사카에서 피난 온 롯코의 여왕이, 전쟁이 끝나고 세상이 잠잠해질 때까지 임시 생계 수단으로 열었다는 느낌이 드는, 그래서 딱히 공을 들이지 않았다는 분위기가 물씬 풍겼다.

내부는 의자 여섯 개가 놓인 카운터석과 테이블이 놓인 박스석 두 개가 전부다. 쓸데없는 장식을 하지 않은 수수한 공간이다. 고시바 이치조 회장님은 장사가 잘된다고 했지만, 지금은 손님이 두 명밖에 없었다. 초로의 남자와 중년 남자. 둘 다 카운터석에 앉아 있었다.

우리가 입구 쪽 테이블에 앉자 중년 남자가 "손님 왔어!" 하고 가게 안쪽의 조그만 문을 향해 소리쳤다. 그 문에서 나온 사람은 롯코의 여왕이 아니라 훨씬 젊은, 학생같아 보이는 여자였다. 가오루가 차가운 홍차를 주문하기에 우리도 같은 걸로 했다. 카운터석에 앉은 두 남자의 대화가 우리 귀에까지 들렸다.

"그럼 가게 확장 얘기는 없던 일이 되는 건가요?"

중년 남자가 물었다.

"돈이라면 내가 대주겠다는데도, 도무지 내켜 하질 않는 것 같아."

초로의 남자가 답했다.

"그렇군요."

"슬슬 롯코를 뜨려고 하는 것 같아."

"오사카로 돌아가는 걸까요?"

"아니, 꼭 그렇진 않아. 도쿄일지도 모르고. 오늘도 도쿄에 간 거 아닌가? 도통 속 얘기를 안 하니까, 무슨 생각을 하는지 전혀 모르겠다니까."

"어쨌든 그 사람이 간사이를 뜨면 허전하겠네요."

"전처럼 오사카에 가게를 내는 거면 얼마든지 도와주겠지만 도쿄라면 아무래도 어렵지."

"여기 있어주면 좋겠는데요."

"그렇긴 하지만, 뭐, 원래 그쪽 출신이니까 돌아가고 싶어졌는지도 모르지."

"아쉽네요."

"아직 결정 난 건 아니니까."

"아…… 슬슬 시간 되지 않았어요?"

"어, 그러네. 가봐야겠군."

"아가씨, 찻값은 여기 둘게. 일 열심히 해!"

두 사람은 자리에서 일어나 가게를 나갔다.

오후에 가오루한테 전화가 왔다. 가즈히코 아주머니가

완구 만드는 작업 중이라 가즈히코가 직접 받았다. 전화를 끊고 나서 가즈히코가 말했다.

"히토미 고모가 우리를 부르라고 하셨대. 수박 먹으러 오라고."

하지만 가즈히코는 어쩐지 내키지 않는 표정이었다. "날씨도 좋은데 밖에서 노는 게 좋지 않나." 하고 중얼거린다.

"가겠다고 하지 않았어?"

"했지. 그러니까 갈 거야. 가긴 가는데, 또 그 사람 만날지도 모르잖아. 가오루가 눈치를 보지 않을까?"

가오루의 계모를 말하는 것이다. 나도 될 수 있으면 얼굴을 마주치고 싶지 않다. 그래서 이런 생각이 났다.

"뒷문으로 들어가자."

"뒷문?"

"자동차 출입구 말이야. 거기는 별채 옆이니까 안채를 지나지 않고 들어갈 수 있어."

"좋아, 좋은 생각이다."

가즈히코의 표정이 밝아졌다.

자동차 출입구에는 쇠창살로 된 문이 달려 있고 양쪽에 돌로 된 문설주가 세워져 있다. 문설주에 붙은 초인종을 누르려는데 가즈히코가 내 손을 막았다.

그러더니 기둥 뒤로 몸을 숨기며, 허리를 숙여 쇠창살 틈새에 얼굴을 갖다 대고 안을 들여다본다. 나도 가즈히코의 머리 위에 얼굴을 올려놓고 안쪽을 들여다봤다.

안쪽 자갈 마당에는 차체는 녹색이고 지붕은 흰색인 자동차가 우리 쪽을 향해 세워져 있었다. 그 옆에는 하얀색 기모노를 입은 여인이 등을 보이고 서 있는데, 가오루의 계모였다. 뒷모습만으로도 알 수 있었다. 차를 타고 외출하려는 건가?

그때 남색 제모를 손에 든 남자가 저쪽에서 오더니 가오루 계모 앞에서 모자를 쓰고 뒷좌석 문을 열었다. 서른을 갓 넘긴 정도로 보이는 핸섬한 운전기사다. 가오루의 계모는 곧장 뒷좌석에 오르지 않고 운전기사의 모자를 살짝 고쳐 씌워준다.

운전기사가 뭐라고 말하자 고급스러워 보이는 띠를 두른 허리께가 구부러지듯 흔들렸다. 웃고 있는 모양이다. 운전기사도 히죽거리는 웃음을 짓는다. 사모님과 운전기사라는 느낌이 아니라 묘하게 친근한 분위기였다.

마당 안쪽에서 중년의 가정부인 마쓰 아줌마가 나오자 가오루의 계모가 뒷좌석으로 올라탔고, 곧바로 기사가 문을 닫고 운전석으로 돌아갔다. 마쓰 아줌마가 철문 쪽으로 걸어오는 것을 보고 가즈히코와 나는 문설주 뒤에 달라붙듯이 몸을 숨겼다.

문이 안쪽으로 열리는 소리가 나면서 엔진음이 울리더니, 이내 문을 빠져나간 자동차는 우리에게 뒷모습을 보이며 멀어져 갔다.

다시 문이 닫히려는 찰나, 우리는 문설주 뒤에서 나와 "안녕하세요." 하고 마쓰 아줌마에게 인사하고 히토미 고모에게 초대받았다는 말을 전했다.

방에서 수박을 먹고 난 뒤, 히토미 고모가 정원에서 사진을 찍어주었다. 정원을 배경으로 가오루를 가운데 두고 셋이 나란히 선 사진이다.

카메라는 전쟁 전의 라이카 제품이다. 가오루가 갖고 있던 칼 자이스 쌍안경과 마찬가지로 가오루 아버지의 유품이라고 한다.

"얘네 아버지가 물건 사는 데 돈을 아끼지 않던 사람이라 이런 것들이 여기저기 잔뜩 남아 있어. 그렇게 사들이고는 한번 싫증이 나면 눈길도 주지 않았다니까."

히토미 고모가 카메라 필름을 감으면서 얘기했다.

"아빠는 매사에 그런 면이 있었어."

가오루가 약간 침울한 어조로 중얼거렸다. 이 말의 의

미를 가즈히코와 나는 그땐 잘 이해하지 못했다.

7

8월 7일 목요일 흐림

오늘도 오후에 셋이서 산책을 했다.

이날은 찻집에 들어가지 않고, 어슬렁어슬렁 밖을 쏘다니며 시간을 보냈다. 특별한 얘기를 하는 것은 아니지만, 셋이 함께 있는 게 익숙해져서 그것만으로도 왠지 기분이 좋았다.

그래도 저녁때가 가까워져 나무 그림자가 길어지고 롯코 연산連山 서쪽에 있는 마야산 상공이 연한 복숭아색으로 물들기 시작하면, 그날의 남은 시간이 아쉽다는 듯 우리는 갑자기 수다스러워지곤 했다.

"너희 일요일엔 주로 뭐 해?"

소나무에 몸을 기댄 가오루가 양 갈래로 땋은 머리 한쪽을 만지작거리며 물었다.

"아버지랑 같이 외출해."

소나무 옆 바위에 앉은 가즈히코가 대답했다.

"얼마 전엔 신사이바시랑 도톤보리 쪽을 구경했어. 스스무가 간사이에 처음 왔으니까 아버지가 여기저기 안내해 주거든. 자기가 초대했으니 심심하게 해선 안 된다느니 여름방학의 추억을 쌓게 해준다느니 하면서 이래저래 신경을 많이 쓰셔."

풀밭에 앉은 나도 고개를 끄덕였다. 나로서는 가오루와 보내는 시간 쪽이 훨씬 더 좋은 추억이 될 것 같지만, 그런 말은 아저씨한테 당연히 할 수 없다.

"이번 주 일요일에도 어디 가?"

"응, 이번 주엔 하이킹을 할 예정인 것 같아. 나가미네산의 덴구즈카까지 간다고 했어."

그러더니 갑자기 가즈히코가 "그래!" 하고 큰 목소리로 덧붙였다.

"너도 같이 갈래? 가자."

"그래도 돼?"

가오루도 갈 마음이 있는 듯했다.

"물론이지, 되고말고. 아버지도 안 된다고 안 하실걸."

"그렇다면 나도 갈래."

"좋았어, 결정!"

가즈히코가 주먹을 쥔다.

"왜 더 빨리 그 생각을 못 했을까?" 하고 나도 기뻐했다. 신사이바시랑 도톤보리도 가오루와 같이 갔더라면 훨씬 더 즐거운 장소가 됐을지도 모른다.

"그런데……."

가즈히코가 문득 걱정이 드는 모양이었다.

"너희 어머니가 뭐라고 안 하실까? 안 된다고 하는 거 아냐?"

가오루는 고개를 저으며, 가즈히코를 손가락으로 콕콕 찌르는 시늉을 했다.

"지난번에 말했잖아. 집에서는 이런저런 잔소리가 많지만 밖에서 하는 일은 아무 말 안 하신다고. 게다가 이번 주 일요일엔 오사카로 연극을 보러 가서 집에도 안 계시고."

"그렇구나. 그럼 아무 문제 없네. 당장 오늘 밤에 아버지한테 얘기할게."

"고마워."

"그건 그렇고, 너희 어머니 외출 자주 하시네."

"취미가 많은 사람이라."

가오루가 딴청을 부리며 대꾸한다.

"항상 자동차로 다니시는 거야?"

"응."

"너희 집 진짜 대단하다."

나는 부러움 섞인 투로 말했다.

"차가 두 대나 있잖아. 검은색이랑 녹색에 흰색 섞인 투톤 컬러."

"검은색은 회사 차고, 투톤 컬러가 우리 집 차야. 쓰는 사람은 거의 어머니뿐이지만."

"투톤은 뷰익이던데."

가즈히코는 차종에 대해서도 해박하다.

"나도 나중에 그런 거 타고 싶다."

"그런데 고장이 잦다고 고마이시 아저씨가 투덜거리던데."

"고마이시 아저씨?"

"운전기사 아저씨."

어제 본 핸섬남. 나는 그 남자와 가오루의 계모 사이에 묘하게 흐르던 친밀한 분위기를 떠올렸지만, 물론 그 얘기는 입 밖에 꺼내지 않았다.

8

8월 8일 금요일 맑고 때때로 흐림

오전에 셋이서 산책을 했다.

오후에는 아주머니를 도와 빗물받이 통을 수리했다.

금요일 오후는 가오루가 피아노를 배우는 날이라 오전에 셋이서 시간을 보냈다.

"내일모레 하는 하이킹에 너도 같이 데리고 가자고 아버지한테 얘기했더니, 대환영이라고 하셨어."

가즈히코의 말에 가오루가 다시 한번 기뻐했다.

"그런데 덴구즈카 도착하기 전에 경사가 심한 구간이 몇 번이나 있다고 들었는데, 괜찮을까?"

가오루가 문득 불안함을 내비치더니 말을 이었다.

"전에 삼촌이 갔다가 질려서 중간에 포기한 게 생각나서."

"아버지랑 난 두 번 정도 갔어. 물론 힘든 구간도 있긴 한데, 너희 삼촌은 좀 심하다."

"맞아, 원래 끈기가 없는 사람이거든. 어쨌든 데카당스한 인간이라."

가오루는 같이 흉을 보면서도 은근히 두둔하는 듯한 어조로 말했다. 데카당스라는 단어를 당시의 난 미처 몰랐다. 나이에 비해 박식한 가즈히코도 웬일인지 잘 모르겠다는 표정이다.

"춤추는 그 댄스(댄스를 일본어로 발음하면 '당스ダンス'이다)가 아니라……."

가오루가 우리의 눈치를 살피더니 설명을 덧붙였다.

"데카당스는 퇴폐적이라는 의미야. 삼촌이 가르쳐준 말인데, 삼촌 자신이 딱 그런 느낌의 사람이라. 벌써 서른한 살이나 됐는데 번듯한 직업도 없고 노상 고베 술집에만 죽치고 있는 것 같아."

"난감한 분이네."

"하지만 얘기를 해보면 엄청 재밌는 사람이야. 아는 것도 많고. 유럽 사람들이 왜 정원에 미로를 만들고 싶어하는지, 서양과 동양의 점성술 차이라든지, 뭐 죄다 생활에는 그다지 도움이 안 되는 것뿐이지만 말이야. 언제 한번 너희랑 삼촌을 만나게 해주고 싶어. 삼촌 이름은 기요지야."

가오루는 마른 나뭇가지를 주워 땅바닥에 '기요지貴代司'라고 썼다.

가즈히코는 "흐음" 하고 관심이 없다는 듯한 반응이었지만, 나는 약간 흥미가 생겼다.

"데카당스한 삼촌이라. 만나보고 싶다."

"신야 고모부하고는 정반대야. 히토미 고모의 남편."

가오루는 '기요지' 옆에 '신야新也'라고 쓰고, 그 사이에 X표를 그렸다.

"삼촌은 신야 고모부를 엄청 싫어해. 외부에서 들어와 집이랑 회사를 차지한 교활한 놈이라면서 막 욕해. 고모부는 또 고모부대로 기요지 삼촌을 경멸하고. 뭐, 물과 기름, 견원지간이랄까. 그런데 실제로 회사가 잘되는 건 신야 고모부의 능력이라고 다들 그러니까, 기요지 삼촌은 더 삐뚤어지고 점점 더 데카당스해지는 거야."

그렇게 말하는 가오루 자신도 히토미 고모의 남편을 별로 좋아하지는 않는 것 같았다.

'그 사람, 밖에 딴 여자가 있어.'

지난번 그 샛길에서 미간을 찌푸리며 내게 슬쩍 말을 흘리던 모습에서 그렇게 느꼈다.

바람피우는 남자를 가오루가 싫어하는 건, 그녀 자신이 바람피워 낳은 딸로 태어났기에 처지가 떳떳하지 못해서일까.

저녁엔 지난주에 이어 라디오드라마 〈그대의 이름은〉을 들었다. 답답한 스토리이긴 하지만 확실히 한 번 들으니 다음 내용이 궁금해졌다. 하루키와 마치코의 엇갈린 운명.

히토미 고모 역시 오늘 밤에도 듣고 있겠지. 딴 여자를 만나느라 들어오지 않는 남편의 부재를 견디면서……

9

8월 9일 토요일 맑음

오전에는 숙제를 조금 했다.

오후에는 셋이서 산책.

산책하던 도중에 토끼풀, 즉 클로버가 무성한 장소를 발견했다. 녹색 깔개가 펼쳐진 것 같은 곳에 작고 하얀 꽃도 점점이 피어 있었다. 우리는 한동안 네잎클로버를 찾았지만 성공하진 못했다.

네잎클로버 찾기를 포기하고 나무 그늘에서 얘기를 나눴다.

"우리 학교 마크는 세잎클로버야."

가오루가 투덜대듯 말했다.

"욕심부려서 네 잎으로 안 한 게 소박하고 좋네."

가즈히코가 칭찬인지 아닌지 모를 소리를 했다.

"그렇지만 클로버는 너무 소박한 거 아니니? 오바야시 성심여자학원 배지는 백합 모양이라 딱 봐도 여학교란 느낌이 나는데, 클로버는 뭔가 목장 소녀가 다니는 학교 같잖아."

"뭐, 하긴 백합이 좀 더 있어 보이긴 하지."

두 사람의 이야기를 들으며 나는 가오루의 머리에 꽂았던 보이지 않는 백합을 떠올렸다. 그렇지만 가오루는 그날의 기억을 떠올리는 듯한 기색을 전혀 보이지 않았다.

"스스무, 도쿄에도 백합을 마크로 하는 학교 있지?"

가오루가 물어왔다.

"응, 있지. 몇 군데 있을걸."

"그럼 '흑백합파'라고 알아?"

"아니, 몰라. 그게 뭔데?"

"전쟁 전에 도쿄에 있었던 불량 여학생 서클 이름인데, 들어본 적 없어?"

불량 여학생?

"없는데. 그런데 넌 그런 걸 어떻게 알아?"

"삼촌한테 들었어, 지난번 아빠 기일 때. 삼촌이 식구들하고 떨어져 혼자 덩그러니 있길래 내가 옆에 가서 말을 걸었거든. 그랬더니 갑자기 흑백합파를 아느냐고 묻더라. 나도 그때까진 몰랐어. 삼촌 말로는, 전쟁 전에 도쿄에는 여학생 불량 서클이 몇 개 있었는데 흑백합파가 그 중 하나라는 거야. 그 그룹 학생들이 다니던 미션스쿨 마크가 백합이어서 붙은 호칭이래. 리더가 '흑백합 오센千'이라는 사람이었는데, 이름에 한자로 천千(일본어로 '센' 또는 '치'로 발음한다)이 들어가서 그런 통칭으로 불렸대."

가오루의 설명이 이어졌다.

"그런데 있지, 그 흑백합 오센이랑 우리 아빠가 사랑하는 사이였대, 아빠가 도쿄에서 대학 다닐 때."

"우와……."

나뿐만 아니라 가즈히코도 깜짝 놀랐다.

"그러다가 흑백합파의 불량한 생활이 학교에 발각돼 리더 오센은 졸업도 못 하고 퇴학당했다는데, 아빠랑은 그 후에도 계속 사귀면서 결혼까지 약속했었나 봐."

나와 가즈히코는 흥미진진하게 귀를 기울였다.

"그러던 중에 아빠한테 혼담이 들어온 거야. 상대는 오사카의 명망 높은 집안 딸. 그래서 오센을 어떻게 해야 하나 아빠가 고민하고 있던 차에 그 얘기가 할아버지 귀에 들어갔고 할아버지는 노발대발하면서 당장 정리하라고 했대."

이야기에 푹 빠진 가즈히코와 나는 말없이 듣기만 했다.

"흑백합 오센이 품성은 그런대로 괜찮았던 모양이지만, 아무래도 불량 서클에 있었던 사람이니까 화가 나서 아빠의 결혼을 훼방 놓을지 모른다고 생각해 할아버지랑 아빠가 그 여자를 떼어낼 작전을 짠 거야. 그게 뭐냐면, 유럽으로 같이 도망가자고 아빠가 오센을 속여서 그녀 먼저 보내놓고는 그사이에 오사카에서 결혼식을 올려버린 거지. 일단 결혼식을 올리고 나면 나중에 혹시 불미스러운 스캔들이 신부 쪽 집안에 들어가더라도 쉽게 이혼하자는 얘기까지는 안 나올 거라는 속셈이었던 거야."

"수법이 좀 교활하다."

가즈히코가 얼굴을 찡그리며 중얼거렸다.

"그때 결혼한 사람이 지금의 엄마야."

"그럼 혹시 네 엄마가 흑백합 오센?"

내가 물었다. 결혼 후에 다시 내연 관계가 부활한 게 아닐까 하는 추측이었으나, 가오루는 부정했다.

"아냐, 우리 엄마는 그런 불량한 생활과는 거리가 멀어. 애초에 집이 가난해서 여학교에는 다니지도 못했대."

"그럼 그 후엔……." 하고 가즈히코가 물었다.

"흑백합 오센은 어떻게 됐어?"

"글쎄, 거기까지는 못 들었어."

머릿속에 가오루가 며칠 전에 했던 말이 문득 떠올랐다.

'아빠는 매사에 그런 면이 있었어.'

기일 다음 날이었다. 카메라, 쌍안경, 그 밖의 여러 가지 물건을 사는 데 돈을 쓰는 아버지.

'그런데도 한번 싫증 나면 눈길도 주지 않았다니까.'

히토미 고모가 했던 그 말에 흑백합 오센에 대한 비정함이 더해져 가오루가 그런 말을 했는지도 모른다.

10

8월 10일 일요일 맑음

아사기 아저씨를 따라 나가미네산의 덴구즈카에 올랐다.

가오루도 같이 갔다.

돌아오는 길에 가오루가 다리를 다쳤다.

가오루는 전에 셋이서 전망대에 갔을 때와 거의 같은 차림으로 나타났다. 하얀색 여름 모자에 긴소매 셔츠를 둘둘 말아 올리고 반바지와 반 양말, 그리고 경등산화. 작은 배낭을 등에 메고 물통은 어깨에 비스듬히 걸쳤다. 예의 그 쌍안경도 목에 걸고 있었다.

이날은 우리도 물통과 아주머니가 싸주신 도시락을 지참했다. 내 물통만 새것이었다. 전날 아저씨가 퇴근길에 일부러 사오신 것이다.

가오루와는 롯코산 호텔 앞에서 만났다.

"안녕하세요, 구라사와 가오루입니다. 오늘 잘 부탁드립니다."

아사기 아저씨에게 깍듯하게 인사하는 가오루가 평소와는 달리 왠지 좀 어른스러워 보이고 낯설었다.

"구라사와 신야 씨의 조카 따님이라고?"

아저씨가 미소 지으며 말했다.

"그 친구가 호큐전철에 있을 때 몇 번이나 얼굴을 마주했지. 그때는 후나즈 신야(과거 일본에서는 데릴사위가 처의 성씨를 따라야 하는 제도가 있었다)라 불렸지만 말이지. 아무튼 머리가 비상한 청년이었어. 그 친구도 여름 동안 그 별장에 있나?"

고모의 남편을 별로 좋아하지 않는 듯한 가오루지만, 여기선 그런 내색 없이 시원시원한 어조로 대답했다.

"아뇨, 가끔 들르시는 정도예요. 일 때문에 많이 바쁘신 것 같아요."

"회사를 책임지는 입장이니까."

아저씨도 고개를 끄덕였다.

"그런데 귀한 걸 갖고 왔네."

아저씨가 가오루의 쌍안경에 눈길을 보내며 말했다.

"덴구즈카는 전망이 아주 멋지니까 아저씨도 그걸로 좀 봐야겠다."

"네, 쓰세요. 일 분에 십 엔입니다."

가오루의 농담에 아저씨는 하하하 웃더니 가오루의 어깨를 툭 쳤다.

"자, 가자!"

아저씨가 쾌활하게 앞장섰다.

대략 남서쪽 방향으로 걸어 편도 한 시간 반 정도의 거리였다.

도중에 미쿠니 연못에 들렀다. 호리병 연못이나 가르벤 연못보다도 컸다. 울창한 삼림에 둘러싸여 있어, 거꾸로 선 나무들의 그림자가 고요한 수면에 아름답게 비쳤다.

"겨울에는 스케이트도 탈 수 있어."

가즈히코가 내게 일러주고는, 가오루를 향해 말했다.

"겨울방학 하면 같이 스케이트 타러 올래?"

그 말에 가슴이 철렁했다. 지금까지 되도록 생각하지 않으려 했지만, 난 여름방학이 끝나기 전에 도쿄로 돌아가야 한다. 하지만 간사이에 사는 가즈히코와 가오루는 여름방학 이후에도 두 사람이 만나고 싶을 때면 언제든 만날 수 있다. 그 사실을 가즈히코의 이 한마디가 가차없이 상기시킨 것이다.

"나 스케이트 타본 적 없는데."

주춤하는 가오루에게 "내가 가르쳐줄게." 하고 말할 수 있는 가즈히코가 몹시 부러웠다.

"넘어져서 엉덩방아 찧으면 아플 것 같아."

"걱정하지 마."

가즈히코는 가오루의 엉덩이를 보며 말했다.

"지방이 쿠션 역할을 하니까."

"나 그렇게 살 안 쪘거든."

가오루가 발끈한다.

"네가 살쪘다는 게 아니라 일반적으로 그렇다는 걸 말하는 것뿐이야. 여자는 남자보다 엉덩이에 더 지방이 많으니까 그만큼 폭신하잖아."

"너, 응큼하다. 이렇게 응큼한 줄 몰랐는데."

가오루는 자기 엉덩이를 손으로 가리며 가즈히코의 시선으로부터 감추려 했다.

"무슨 소릴 하는 거야. 나 그런 사람 아니야."

"응큼해."

"그렇게 치면 남자들은 다 응큼하게? 스스무도 그럴 걸. 얌전한 척하고 있지만 머릿속은 응큼하다고."

"스스무, 너도 그래?"

"음……."

스케이트 얘기가 어쩌다 이렇게 흐른 걸까. 다른 곳을 보면서 어이없다는 듯한 웃음을 짓고 있던 아사기 아저씨가 손뼉을 한 번 쳤다.

"아직 반도 못 왔어. 여기서 꾸물대다간 금방 점심때 된다고. 자, 출발!"

롯코 연산 중앙에서 동쪽에 걸쳐서는 그리 큰 숲은 없

었는데, 서쪽으로 오자 울창한 숲이 펼쳐졌다. 그래선지 매미 소리도 요란했다. 참매미 울음소리가 한창이다.

"참매미가 산 위에서도 우나?"

내가 무심코 중얼거렸다.

"당연하지."

가즈히코가 내 무지를 비웃는 것 같은 투로 말했다.

"참매미가 산에서 울지 그럼 어디서 우냐? 원래 산에만 사는 매미인데."

"그런 게 어딨어."

내가 반론했다.

"우리 집 근처 신사나 공원 나무에서도 자주 우는데."

"거짓말. 산이 아닌 곳에 사는 참매미 얘기는 들어본 적이 없거든."

"거짓말 아니야. 너야말로 잘 모르는 거 아냐?"

가오루 앞인데 나도 질 순 없다. 그런데 그 가오루가 가즈히코의 편에 섰다.

"참매미는 산에 사는 매미야. 스스무가 뭔가 착각하는 것 같은데."

"......"

불합리. 고립.

억울해하는 나를 구해준 건 아사기 아저씨였다.

"둘 다 거짓말은 아냐. 서일본과 동일본이 다르니까. 서쪽에서는 참매미가 산에만 사는데, 동쪽에서는 평지에서도 많이 울더라고. 도쿄 시내 공원에서도 울어. 기온 차 아니면 땅속 온도 차와 관계가 있을 것 같은데."

억울한 마음이 좀 풀렸지만, 가즈히코와 가오루의 말도 그것대로 맞는 말이었다.

"어느 지역에서의 상식이 다른 지역에서는 상식이 아닐 수도 있다는 걸 설명하는 하나의 좋은 예시네."

아사기 아저씨는 교훈적으로 이야기를 마무리했다.

"그러면." 하며 가오루가 물었다.

"시원한 산 위에서 우는 서쪽 매미를 잡아 도쿄 시내 한복판에 풀어놓으면 어떻게 될까요?"

"음, 어떻게 될까. 아저씨도 궁금하네."

"괴로워하겠지."

가즈히코가 말했다.

"더운 시내 한복판에서 아무렇지 않게 맴맴 울고 있는 녀석들을 보고, 대체 어느 쪽이 맞는지 판단할 수가 없어서 고민할 것 같아."

"그런 똑똑한 매미가 어디 있냐."

가오루가 일부러 얄밉게 웃으며 반박했다.

"아, 매미를 무시하다니."

가즈히코는 한술 더 뜬다.

"지금 한 말, 아마 매미도 들었을걸. 매미 화났겠다."

"화나면 어떻게 되는데?"

"한밤중에 네 방으로 슬금슬금 몰래 들어가서……."

"꺄악! 기분 나쁜 소리 하지 마!"

가오루가 주먹 쥔 두 손으로 가즈히코의 어깨와 등을 쿵쿵 쳤다.

숲과 숲의 경계선에서 아사기 아저씨가 산앵도나무(일본에서는 식초나무라는 뜻으로 스노키酢の木라 부른다)를 발견하고 우리에게 가르쳐주었다. 우리는 잘 익은 까만 열매를 서로 경쟁하듯 따 먹었다. 블루베리와 닮은 모양에 새콤달콤한 맛이 나는 열매인데, 내친김에 나뭇잎도 씹어봤더니 이름 그대로 새콤함이 느껴졌다.

이 주변 숲에서는 비틀린 나무(철쭉과의 낙엽 관목으로, 줄기가 비틀어진 것처럼 보인다는 뜻에서 네지키捻じ木라 부른다)도 많이 보였다. 마치 거인의 손으로 줄기를 비튼 것처럼 꼬여 있다.

"그런데 이 나무는 왜 이렇게 비틀려 있을까."

가오루가 순수한 호기심을 드러냈다.

"비틀려서 더 득이 되는 일이라도 있는 건가?"

"있지."

가즈히코가 그럴듯하게 대답한다.

"이렇게 비틀린 나무는 써먹을 데가 없을 거라고 사람들이 생각할 거 아냐. 그럼 베어가지도 않겠지."

"하지만 내 친구 집에 가보니 거실 한쪽 장식 기둥으로 이걸 썼던데."

"그 집 주인 심성이 꼬여서겠지."

"다도 선생님인걸."

"심성이 배배 꼬인 사람들이 하는 일이잖아."

"배배 꼬인 건 너 아니야?"

아저씨 앞에서도 가즈히코에게 이런 말을 아무렇지 않게 하는 가오루였다. 그러나 아저씨는 그런 그녀가 오히려 더 마음에 드는 눈치다. 명랑하고 구김살 없는 소녀라고 생각할지도 모른다. 가즈히코와 내가 처음 받았던 인상처럼.

앞으로 곤두박질칠 것처럼 가파른 내리막길, 마찬가지로 가파른 오르막길, 좁다란 능선 길을 한 걸음 한 걸음 신중하게 디디며 내려갔다 올라가기를 열 번 정도 되풀이한 끝에, 마침내 나가미네산 정상인 덴구즈카에 도착했다.

덴구즈카는 주변 숲보다 높게 솟아 있는 사각형의 커다란 바윗덩어리로 바위 위 면적은 약 두 평 정도다. 우리는 그곳에 앉아 도시락을 먹고 한동안 경치를 감상했다.

골짜기를 사이에 둔 서쪽으로 마야산의 둥그스름한 산 정상이 보이고, 북동쪽으로 고개를 돌리면 우리가 출발한 롯코산 호텔이 있는 대지가 눈에 들어온다. 높이로 치자면 오히려 그쪽이 더 높지만, 이 나가미네산은 동서로 뻗은 롯코 연산에서 마치 돌출된 무대처럼 남쪽으로 튀어나와 있기 때문에 정상인 덴구즈카에서 바라보는 경치가 아저씨 말대로 그야말로 절경이었다.

특히 고베항이 아주 가깝게 보였는데 가오루의 쌍안경을 빌려서 들여다봤더니 정박해 있는 배의 승무원들 모습까지 알아볼 수 있을 정도였다.

거기다 바로 아래 산자락에는 호큐 고베선 선로가 깔려 있고, 그 위를 자주색 전차가 달리고 있다.

"후나즈…… 아니 구라사와 씨는 말이지."

아저씨가 가오루에게 말했다.

"전차 운전도 잘했어. 뭘 시켜도 잘 해냈지. 그대로 호큐에 있었으면 분명 출세했을 거야. 그 친구를 들인 걸 보면, 구라사와 집안이 보는 눈이 있어."

그러나 가오루는 어두운 표정으로 눈을 내리깔고 아저

씨에게 물었다.

"역시 돈 버는 재주가 있는 사람이 세상에선 훌륭한 사람이 되는 건가요? 고시바 이치조 회장님처럼요?"

아저씨는 그녀의 옆모습을 잠시 바라보고, 그다음 가즈히코, 나를 차례로 보더니 차분한 어조로 말했다.

"어떤 사람을 훌륭하다고 할 수 있는지는 아저씨도 사실 잘 모르겠어. 하지만 고시바 회장님에 대해서는 뭔가 오해가 있는 것 같구나. 그분은 단순히 돈 버는 재주만 있는 건 아닌데. 음…… 어떻게 설명하면 좋을까. 너희, 주식이 뭔지 알지? 어떤 회사의 주식을 샀다고 치고, 그 회사의 주식이 올랐을 때 팔면 돈을 버는 거지. 고시바 회장님은 여러 회사의 경영에 관여하셨기 때문에 각 회사의 중요한 비밀을 많이 알고 계셨어. 관련 회사의 극비 정보도 그분 수중에 들어갔지. 그 정보가 세간에 알려지기 전에 주식을 사거나 팔면, 분명히 큰돈을 벌 만한 기회가 몇 번이나 있었어. 하지만 고시바 회장님은 단 한 번도 그렇게 하지 않았어. 스스로 엄격하게 금지했던 거야. 전쟁 전부터 일관되게 그러셨어. 그리고 가까이에 그런 짓을 하려는 사람이 있으면 호되게 꾸짖으셨지."

그때는 아저씨의 말을 어렴풋하게만 이해했는데, 요즘 말로 하면 '내부자 거래'라는 것이리라. 그러나 그것을 죄악, 또는 범죄로 인식하게 된 것은 전쟁이 끝나고 나서도 한참 후였다. 전쟁 전에는 방치된 상태나 다름없었을 것이다.

"주식만이 아니야. 고시바 회장님은 돈을 벌려고만 하면 얼마든지 벌 수 있는 위치에 계셨어. 예를 들어 호큐 전철만 하더라도, 전차 선로가 언제 어디에 깔리는지 당연히 고시바 회장님은 누구보다 먼저 아셨지. 그러니 그 지역의 땅을 사두면 돈 버는 건 시간문제였어. 실제로 그런 방법으로 돈을 버는 사람들이 세상엔 흔했고. 하지만 고시바 회장님은 그런 짓은 절대 안 하셨어. 타인의 명의로 은밀하게 하는 방법도 있었지만 그것조차 안 하셨지……. 그런 분을 단순히 돈 버는 재주가 있는 사람이라고만 보는 건 좀 아닌 것 같구나."

아저씨는 고시바 회장님을 사업에 성공한 사람으로서만이 아니라, 그런 기질적인 부분 자체를 흠모하는 것 같았다. 가즈히코一彦의 이름에 들어가는 한자 '一'은 고시바 이치조小芝一造에서 따온 것이 아닐까?

가오루는 이야기를 듣는 도중에 고개를 들고 아저씨를 쳐다보더니, 아저씨의 얘기가 다 끝나자 묘하게 어른스러운 표정을 지으며 혼잣말처럼 대답했다.

"그런 분도 있군요. 하지만 제 주위에는 도무지 안 보이는 것 같아요."

덴구즈카 바위에서 내려와 우리는 귀갓길에 올랐다.

가파른 내리막과 오르막이 이어지는 난관을 무사히 넘기고 한숨 돌렸을 때, 사고가 났다. 우리 넷 중에서 산에 오르기 가장 적합한 등산화를 신은 가오루가 미끄러져 넘어진 것이다.

그러나 나도 가즈히코도 넘어진 그녀를 멀뚱히 보고만 있었다. 며칠 전 넘어진 가오루에게 손길을 내밀었을 때 그 애가 귀찮다는 듯 우리 손을 뿌리친 일을 기억하고 있기 때문이었다.

옆에서 멍하니 보고만 있는 우리가 답답했는지 아저씨가 가오루를 일으켜 세웠다. 가오루는 아저씨 팔에 기대일어났다가 금방 다시 주저앉고는 오른쪽 발목이 아픈지그 부근을 어루만졌다. 그 후 몇 발짝 걷는가 싶더니 통증을 호소하고는 결국 아예 주저앉고 말았다. 아무래도 발목을 심하게 삔 것 같았다. 아저씨가 신발 끈을 풀어 등산화를 벗기자 발목이 퉁퉁 부어 있었다.

"가즈히코, 가오루 업고 갈 수 있겠어?"

아저씨가 명령하다시피 말했다.

가즈히코는 즉시 고개를 끄덕이고, 어깨에 메고 있던

물통을 풀러 내게 맡겼다. 가오루의 배낭과 물통, 쌍안경 도 내가 들었다.

"미안."

"생각보다 가볍네."

가즈히코는 다정하게 대꾸했다. 하지만 그건 허세였을 뿐, 십 분쯤 걸으니 다리가 비틀거려 나와 교대해야 했 다. 평탄한 길이 아니라 쉽게 지치는 것이다.

"진짜 미안해. 무겁지?"

가오루는 내게도 미안해했다.

"조금만 더 뚱뚱했으면 굴려서 갈 수 있을 텐데."

나는 농담으로 대꾸했다.

"스스무도 이제 제법 웃긴 소리를 할 줄 아네."

그 순간에 느낀, 힘들어도 기분 좋은 무게감, 그리고 누 구의 땀인지 알 수 없지만 등줄기에서 느껴지던 후끈한 습기를 나는 지금도 떠올릴 수 있다.

가즈히코와 내가 십 분씩 몇 번이고 교대하며 가오루 를 업었다. 아사기 아저씨는 마흔일곱이라고는 해도 소 년인 우리보다는 체력이 좋아 보였는데, 한 번도 교대해 주지 않았다.

구라사와 별장에 가오루를 데려다주자 벌써 연극 구경

에서 돌아와 있었는지 가오루의 계모가 나와서 아저씨에게 인사했다. 하지만 가오루를 보는 눈빛에 걱정하는 기색은 찾아볼 수 없었다.

"마쓰 아줌마, 내일도 안 낫는 것 같으면 병원에 데리고 가라고 고마이시 기사한테 말해봐요."

그렇게 말하는 목소리가 왠지 냉랭하게 들렸다.

"둘 다 수고했어. 피곤하지? 시원한 주스라도 한잔 마시고 갈까?"

아저씨가 수고를 치하하는 의미에서 우리를 롯코의 여왕 찻집에 데리고 갔다. 가게는 지난번과 달리 붐볐다. 빈자리가 없었는데, 우리를 본 롯코의 여왕이 카운터석에 앉은 중년의 세 남자에게 말했다.

"그대들, 너무 오래 앉아 있는 거 아니에요? 새로 온 손님한테 자리 좀 양보해요."

그 말에 남자들이 순순히 일어나 나갔다.

"여전히 손님이 많네."

아저씨가 의자에 앉으며 말했다.

"전부 오래 앉아 있기만 해서 매상은 별로 안 돼요."

롯코의 여왕은 친근함이 묻어나는 눈빛으로 대꾸했다. 오늘은 머리카락을 시뇽 스타일이 아니라, 풀어서 길게

214

늘어뜨리고 있다. 지난번과는 반대로 검은색 블라우스에 흰색 스커트다.

아저씨 양쪽으로 나와 가즈히코가 앉았다. 카운터 테이블과 내 배 사이에 무언가가 껴서 그제야 가오루에게 쌍안경을 돌려주지 않았다는 걸 알았다. 배낭과 물통은 주고 왔는데 쌍안경은 목에 건 채로 깜빡하고 만 것이다. 내일 가오루의 병문안을 겸해서 돌려주러 가야겠다고 생각했다.

그건 그렇고, 발목이 그 정도로 부었으니 아파서 잠도 제대로 못 자는 건 아닐까. 얼음을 띄운 오렌지 주스로 목을 축이면서 가오루 걱정을 했다. 옆에서 아저씨가 카운터 너머에 있는 롯코의 여왕과 담소를 나눈다.

"가게를 확장할지 말지 고민했다면서?"

"회장님한테 들었군요. 그런데 안 하기로 했어요."

롯코의 여왕이 그렇게 말하면서 커피를 아저씨 앞에 놓았다. 약간 저음이라 귀에 편안하게 들리는 성인 여자의 목소리다.

"다시 오사카에서 예전에 했던 가게를 하려고?"

아저씨가 커피잔을 끌어당기며 아무것도 넣지 않고 한 모금 마신다.

"그 생각도 해봤는데, 아예 이참에 도쿄로 갈까도 생각

중이에요. 나이가 들었는지, 젊은 시절을 보낸 곳이 요즘 들어 부쩍 그리워져서."

눈을 내리깔고 사선 방향을 응시한다.

"자네가 그런 말을 할 때가 되었나?"

"저도 벌써 만으로 서른여섯이에요."

롯코의 여왕이 카운터에 턱을 괴고 아저씨 앞에서 떠나질 않는다.

"여자에겐 한창때가 아닌가."

"한창때는 예전에 끝났지만, 그래도 돌아가서 다시 출발하기엔 아직 늦지 않았다는 생각이 들어요."

"도쿄에는 있기가 거북하다고 하지 않았나?"

"전쟁으로 모든 게 다 변해버렸고, 볼 낯이 없었던 사람도 죽었으니 이제는 때가 된 것 같아요."

"음, 어떻게 할지는 자네 자유지. 내가 참견할 일은 아니니까."

"네. 그래도 확실히 정해지면 연락드릴게요. 물론 고시바 회장님께도. 정말 신세 많이 졌어요."

테이블에 앉은 손님이 물을 더 달라고 요청하자 롯코의 여왕은 귀찮다는 듯 한숨을 내쉬더니 "컵 가지고 이리로 와요. 따라줄 테니까." 하고 도도하게 지시했다.

아저씨가 특별히 입단속을 시킨 건 아니지만, 가즈히코도 나도 롯코의 여왕 가게에 들른 일은 아주머니에게 말하지 않았다.

11

8월 11일 월요일 맑음
오후에 가오루 병문안을 갔다.

점심 식사 후, 가즈히코와 함께 구라사와 별장에 가서 초인종을 누르자, 가정부가 아닌 가오루가 반바지 차림으로 목발을 짚고 나타났다.

"슬슬 올 때가 됐다 싶어서. 어젠 고마웠어. 오전에 병원에 가서 찜질하고 왔어. 일주일 정도면 낫는데. 목발 짚은 거 어때, 어울려?"

가오루가 웃으며 말한다.

"뭐, 어울리긴 하지만……. 아픈 건 좀 어때?"

가즈히코는 쭈그리고 앉아 가오루의 오른쪽 발목을 자세히 보려고 한다.

"그야 당연히 아프지."

"그러면 방에 가만히 있는 편이 좋지 않을까?"

나는 우리가 괜히 왔나 싶어 걱정이 됐다.

"그렇긴 한데, 나 목발 짚는 거 태어나서 처음이라 좀 익숙해지니까 재밌더라고. 집 안에서 쓰면 엄마한테 한소리 들으니까 이렇게 정원에서 놀고 있는 거야. 나,『보물섬』의 존 실버 같지 않아? 이대로 앵무새만 어깨에 얹으면 딱인데."

"너 참 낙천적이다."

가즈히코가 어이없다는 듯 웃는다.

"다리 좀 삔 정도로 풀 죽어 있으면 세상 어떻게 사니?"

"그건 그래."

"자, 오늘은 정원에서 놀자. 엄마는 안 계시니까 걱정할 거 없어."

그 말에 가즈히코와 내 표정도 절로 부드러워졌다.

"아……."

나는 문득 생각이 났다.

"왜? 무슨 일 있어?"

"쌍안경, 가져오는 걸 깜빡했네. 어제 못 돌려줘서 오늘 갖고 오려고 했는데."

"괜찮아, 다음에 받으면 되지. 자, 이리 와."

가오루는 턱을 까딱 움직여 들어오라는 제스처를 하고, 목발로 걷는 모습을 자랑이라도 하듯 앞장섰다.

별채의 뒤쪽 차고.
그 앞에 꾀죄죄한 삼륜차가 세워져 있다.
"지금 공무소 아저씨들이 와서 차고를 수리하고 있어."
"어디를 고치는데?"
나는 열려 있는 문 안쪽을 들여다봤다. 안에서 남자 두 명이 뭔가 작업하는 중이다.
"비도 새고, 문은 삐거덕거리고 창문이 없어서 환기도 안 되고…… 그걸 다 고친대. 원래 헛간이었던 곳이라 대충 지어서. 고마이시 아저씨가 전부터 수리해 달라고 했는데 고모부가 별 반응이 없었거든. 그런데 얼마 전에 엄마가 옆에서 거들어줘서 드디어 고모부 허락이 떨어졌어."
전에 본 녹색 차체에 흰색 지붕인 뷰익은 지금 차고에 없다. 가오루의 계모는 부재중이라고 했는데, 오늘도 고마이시 운전사가 운전하는 그 뷰익을 타고 나간 건가.
작업하던 남자 한 명이 밖으로 나와 삼륜차 쪽으로 갔다. 가오루가 "감사합니다. 수고가 많으시네요." 하며 말을 건넨다. 남자는 머리에 쓰고 있던 수건을 벗고 허리를 숙여, 목발을 짚은 가오루와 그 양옆에 있는 우리에게 인사했다. 그러고는 삼륜차의 짐칸에서 사다리를 내려 그걸 가지고 다시 차고 안으로 돌아갔다.

"스스무! 가즈히코!"

머리 위에서 맑고 또렷한 여자 목소리가 들렸다. 올려다보니 별채 2층 창문으로 히토미 고모가 얼굴을 내밀고 있다.

"지난번에 찍은 사진 나왔으니까 둘 중 아무나 와서 받아가렴."

내가 가즈히코를 쳐다보자 가즈히코가 앞머리를 옆으로 쓸어 올리면서 말했다.

"스스무 이름이 먼저 불렸으니까 네가 갔다 와."

미소를 짓고 있는 가오루를 가운데 두고 가즈히코는 한 손을 허리에 얹어 거드름 피우는 포즈, 나는 어째선지 턱을 너무 당기는 바람에 눈이 살짝 치켜올려져 있었다. 닷새 전에 이 정원의 나무를 배경으로 히토미 고모가 찍어준 사진이다.

"세 장 인화했으니까 한 장씩 가지면 돼."

히토미 고모는 가즈히코 것까지 두 장을 건넸다.

"감사합니다. 잘 나왔네요."

나는 가오루의 웃는 얼굴을 바라보며 말했다. 히토미 고모도 테이블에 올려놓은 한쪽 팔로 턱을 괴고 가오루 몫의 사진을 보면서 조용히 중얼거린다.

"과거는 어느새 멀어져 환상이 되어버리지만, 이렇게 사진으로 찍어두면 가끔씩 추억을 떠올려볼 수 있잖아."

가오루와 가즈히코, 그리고 나. 셋이서 보낸 이 여름방학도 언젠가는 먼 추억이 되고 마는 날이 오리라는 것을, 나는 사진을 보며 멍하니 상상해 봤다. 하지만 그때의 내 겐 조금도 실감이 나질 않았고, 오히려 그런 미래가 환상처럼 막연하기만 했다.

"하지만……."

히토미 고모가 고개를 들어 창밖의 하늘을 바라본다.

"너무 과거의 추억에만 빠져서도 안 돼. 오래된 앨범을 펼쳐놓은 채 추억에만 빠져 있다가는 시간만 흘러가고, 아무것도 못 한 채 나이만 먹을 테니까."

"그렇겠네요."

무슨 뜻인지도 모르면서 형식적으로 맞장구치는 나를 보며 히토미 고모가 씁쓸한 미소를 지었다.

"스스무도 옛날 앨범을 들춰본 적 있니?"

"있죠. 저희 집은 사진을 앨범에 정리하지 않고 종이 상 자에 넣어두는데요, 누군가 어쩌다 상자를 열면 그걸 계기로 다 같이 사진을 보곤 해요. 제가 찍힌 사진보다 전쟁 전의 옛날 사진을 보면서 아버지가 해주는 설명을 듣는 게 재밌어요."

"전쟁 전 옛날 사진이라. 스스무에게는 그 사진들이 옛날 사진이구나."

히토미 고모는 또다시 씁쓸하게 웃더니 "내 옛날 앨범, 한번 볼래?" 하고 물었다.

소학교 시절의 사진, 여학원 시절의 사진. 앨범에는 소녀 시절 히토미 고모의 사진이 잔뜩 끼워져 있다. 어느 사진을 봐도 유복하게 자랐다는 걸 알 수가 있다.

"가족사진 앨범은 안채에 있고, 이건 내 개인 앨범이라 내 사진만 많지? 아, 그건 스마에 있는 해수욕장에 갔을 때 찍은 거야. 파라솔 그늘 때문에 얼굴이 어둡게 나와서 알아보기 힘들지만."

"옆에 계신 분이 어머니예요?"

"아니, 쓰네 아줌마. 나랑 같이 다녔던 유모야. 그리고 그 아래에 있는 사진은 교토의 요릿집 정원. 옆에 서 있는 사람이 큰오빠야. 그러니까 가오루의 아빠인 거지. 도쿄에 있는 대학에 입학하기 전에 가족끼리 교토로 놀러 갔을 때 찍은 사진이야. 나랑 띠동갑 이상으로 차이가 나서 남매처럼은 잘 안 보이지?"

가오루의 아버지는 이목구비가 꽤 반듯해서, 누군가를 닮은 것 같은 느낌이 들었다. 영화에서 본 배우 중 한 명이었나? 하지만 누구라고 특정할 수 있을 만큼 당시 난 배우들을 잘 알지 못했다.

"그 새침한 얼굴을 한 사진은 고베 여학원 입학식 날 아침, 작은 오빠가 찍어준 거야. 거기서부터는 전부 여학원 시절인데, 얼굴이 아직 애 같지? 더군다나 5년간 쭉 단발머리만 하느라 땋은 머리를 해본 적이 없어. 그래서 그때 못 해본 대신, 지금 가오루 머리를 열심히 땋아주는 거야."

적당히 고개를 끄덕이면서 페이지를 넘기던 난, 한 장의 사진에 문득 눈길이 멈췄다. 제복을 입고 제모를 쓴 차림으로 정면을 향해 경례하는 청년의 사진. 제모의 배지는 호큐 전차의 승무원들이 달고 있던 것과 똑같다. 그렇다는 건, 히토미 고모 남편의 젊은 시절 사진인 건가? 언제였더라, 자동차에 타는 모습을 창문으로 본 적이 있었는데 그때는 우산을 쓰고 있어서 얼굴이 안 보였다. 그나저나 이 사진 속의 인물도 상당히 미청년인 데다 역시 누군가를 닮은 것 같다. 가오루의 아버지가 닮은 사람과는 다른 누군가를.

하지만 사람의 얼굴이라는 게 대부분 누군가와 닮아

있기 마련인지도 모른다. 준수한 얼굴일수록 일종의 규범에 수렴하는 법이니 더더욱 비슷해 보일지도 모르겠다. 그런 생각을 하며 이 사람이 남편분이냐고 히토미 고모에게 물으려는 찰나, 갑자기 창밖에서 매섭게 야단치는 듯한 여자 목소리가 났다.

히토미 고모가 엉거주춤 일어나 창문에 얼굴을 갖다대고 정원을 내려다봤다.

"어머, 쟤네 혼난다. 뭘 잘못했길래?"

"네?"

나도 창가로 가서 아래를 보았다. 기모노 차림의 가오루 계모가 있다. 외출했다 돌아온 모양이다. 소리를 지르는 사람은 그녀였다. 목발을 짚은 가오루가 가즈히코와 나란히 계모 앞에서 고개를 떨구고 있었다. 나는 히토미 고모에게 인사하고 황급히 계단을 내려갔다.

맥없이 걸어서 돌아가는 길에 가즈히코는 내게 이렇게 말했다.

"네가 돌아올 때 놀래주려고 둘이서 정원수 그늘에 숨어 있었어. 그것뿐이야. 그걸 아주머니가 오해한 거라고."

정말 그것뿐일까. 그 정도 일로 그렇게까지 혼이 났을

까. 혹시 키스하는 모습을 들키기라도 한 건 아닐까. 나는 반신반의하는 마음이었다.

어쨌든 그날 이후로 가즈히코뿐만 아니라 나까지 구라사와 별장 출입이 금지되었다.

12

8월 12일 화요일 맑음

오전에 가즈히코랑 호리병 연못에 갔다.

오후에는 가르벤 연못에서 수영했다.

호리병 연못가에서 오전 시간을 보낸 것은 혹시 가오루가 나타날지도 모른다는 실낱같은 기대감 때문이었다. 그러나 우리의 기대는 허무하게 빗나갔다.

돌려주지 못한 가오루의 쌍안경으로 구라사와 별장을 들여다보기도 했지만, 나무 사이에 가려 돌담과 울타리만 살짝 보일 뿐이다. 울타리 안쪽에도 나뭇잎이 무성해 내부 모습은 전혀 볼 수가 없다.

"이걸 돌려준다는 핑계로 가볼까?"

손에 들고 있던 쌍안경을 바라보며 내가 말했다.

"대문에서 가정부가 대신 받아가고 우린 바로 쫓겨날 걸."

가즈히코는 내 손에서 쌍안경을 가져가 검은 가죽으로 된 본체를 가만히 쓰다듬었다. 가즈히코는 쌍안경을 돌려주고 싶지 않은 것 같았다. 나도 다른 사람을 통해 돌려줘야 할 바엔, 당분간 이대로 가지고 있고 싶었다. 우리에게 이 쌍안경은 가오루의 부재를 대신할 대용품 같은 것이었다.

"그래, 스스무! 네가 휘파람을 불어봐."

가즈히코가 제안했다.

"가오루랑 같이 불었던 〈테네시 왈츠〉. 가오루의 별장 울타리 옆에 가서 휘파람을 부는 거야."

"싫어."

그런 삼류영화 같은 흉내는 내고 싶지 않았다.

"왜?"

"하고 싶으면 직접 해."

가즈히코가 휘파람을 못 분다는 걸 알면서도 나는 짓궂은 방식으로 거절했다.

"뭐야, 잘난 척하기는."

가즈히코가 낮은 목소리로 쏘아붙였다. 이어 "하모니카라도 갖고 와서 불어볼까?"라는 등 혼자 중얼거렸지만, 결국 그렇게 하지는 않았다.

가오루가 나타나길 기다리는 건 포기하고, 오후엔 가르벤 연못에 수영하러 갔다. 지난번보다 사람이 적어 한산한 탓인지 왠지 연못이 쓸쓸해 보였다. 헤엄을 치고 있어도 전혀 신나지 않았다. 재미없었다.

가즈히코는 괜히 허세를 부리듯 일부러 요란하게 물을 튀겨가며 헤엄을 쳤지만, 그 무의미한 흥이 오히려 내 신경을 건드렸다. 나는 일찌감치 물에서 나와, 벗어놓은 셔츠 위에 둔 쌍안경 옆에 무릎을 감싸고 앉았다. 그리고 연못 속의 가즈히코를 바라보며 생각했다. 정말로 두 사람은 정원수 그늘에 숨어 있기만 했을까.

가르벤 연못에서 돌아오는 길에 가즈히코가 이런 말을 했다.

"그런데 생각해 보면 마침 잘됐어. 실은 나, 내일모레부터 해양학교에 가야 하거든. 아와지섬에서 3박 4일. 안가고 넘어갈 방법이 당최 떠오르지 않아서 난감했는데, 어차피 가오루랑 못 놀 바에야 그냥 갔다 오기로 했어."

"그러면 그동안 난 혼자 있는 거야?"

"숙제를 끝내놓든가 하이킹을 하든가, 아무튼 대충 지

내고 있어."

"응……."

실은 그냥 도쿄로 돌아갈까 하는 마음도 들었다.

"어?"

가즈히코가 혼잣말처럼 중얼거렸다.

"저런 데 웬 자동차가 있지?"

구부러진 길 멀리 앞쪽에 세워져 있는 회색 자동차가 숲의 우거진 나무 틈새 너머로 조그맣게 보인다. 이곳은 샛길이라 자동차가 다니는 도로에서는 벗어나 있다. 그런데 왜 이런 곳에 차가 세워져 있는 걸까.

우리는 걸음을 멈췄다. 가즈히코가 내 목에 걸린 쌍안경을 가져가 들여다보더니 말했다.

"오스틴인데."

차종만 확인하고는 쌍안경을 바로 내게 건넸다. 나도 렌즈를 들여다봤다. 자동차 옆에 사람 모습도 보인다. 남자 두 명이다. 흰색 양복을 입은 체격 좋은 남자와 화려한 무늬가 들어간 셔츠를 입은 마른 남자. 둘 다 삐딱하게 선 뒷모습이다.

아, 또 한 남자가 있다. 나무에 시야가 가려 처음엔 안 보였는데, 세 번째 남자가 쌍안경 렌즈 안으로 들어왔다. 흰색 셔츠에 흰색 바지를 입은 그 남자는 다른 두 남자와 마주 보고 이쪽을 향해 비스듬히 얼굴을 보이고 있다.

"아!"

아는 남자다. 구라사와 집안의 운전기사, 고마이시다.

"왜?"

가즈히코가 물었지만 나는 아무 말 없이 남자들의 동태를 살폈다. 고마이시는 흰색 양복 입은 남자를 향해 웃고 있다. 어딘가 비굴하고 아첨하는 듯한 웃음이다. 흰양복남이 담배를 물었는지 화려한 셔츠남이 옆에서 냉큼라이터 불을 내밀었다. 자세히 보니 그 남자의 셔츠는 반소매인데, 소매 아래 맨살에도 팔목까지 무늬가 있었다. 문신이다.

"왜 그래?"

가즈히코는 내가 아무 대꾸를 하지 않자, 내 손에서 쌍안경을 빼앗아 가더니 직접 들여다봤다.

"고마이시 운전사네. 나머지 두 사람은 아무리 봐도 야쿠자 같은데. 고마이시 씨가 왜 저런 녀석들하고 있는 거지? 협박당하는 건가? 아니면……."

가즈히코는 다음 말을 삼켰지만, 아마 이렇게 말하고 싶었을 것이다.

아니면, 저들과 한패인가?

곧이어 흰 양복과 문신남은 오스틴을 타고 좁은 길을

후진으로 빠져나가 사라지고, 고마이시도 그 뒤를 천천히 걸어간다.

가즈히코가 미간을 좁히며 내게 물었다.

"지금 본 거, 가오루한테 말해야겠지? 어떻게 생각해?"

"그렇지, 알려줘야 할 것 같아."

고마이시 운전사. 그 사람을 조심하는 게 좋겠다고 가오루에게 경고해 주고 싶었다.

"하지만 만날 수가 없잖아."

가오루의 계모에게 출입 금지를 당한 상태다. 어떻게 하면 좋을지 생각하면서 우리는 고개를 떨구고 걸었다. 그러다 문득 담배 연기가 콧속에 들어왔다. 길가 풀숲의 쓰러진 나무에 고마이시가 앉아서 담배를 피우고 있었다. 우리는 흠칫 놀랐다. 순간 고마이시와 눈이 마주쳤지만, 황급히 시선을 돌리고 빠른 걸음으로 그곳을 지나쳤다.

13

8월 13일 수요일 맑음

보들레르라는 프랑스 시인의 이름을 알았다.

근데 어려운 것 같다.

"전화로 얘기하는 건 어떨까?"

아침 식사 후, 나는 가즈히코에게 말했다. 가오루에게 알릴 방법 말이다.

"그러자."

전화번호부에서 번호를 찾아 가즈히코가 전화를 걸었지만, 전화를 받은 마쓰 아줌마가 가오루를 바꿔주기 전에 계모에게 보고해 버린 모양이었다.

"아쉽게도, 사모님이 안 된다고 하셔서 가오루 아가씨는 못 바꿔드립니다."

가즈히코가 마쓰 아줌마의 말투를 흉내 내며 말했다.

우리는 팔짱을 끼고 한숨을 내쉬며, 뭔가 다른 방법이 없을까 고민했다.

"그러면, 그걸 해볼까?"

내가 말했다.

"그거? 그게 뭔데?"

"휘파람 말이야. 울타리 옆에 가서 〈테네시 왈츠〉라도 불러볼까?"

"할 거야?"

"그런데 가오루가 알까?"

가오루가 눈치채기 전에 다른 사람의 의심을 사서 쫓겨날지도 모른다.

"일단 해보자."

지나가는 길에 휘파람을 부는 것처럼 보이기 위해 우리는 구라사와 별장 돌담을 따라 천천히 걸었다. 부지가 넓은 만큼 돌담도 길다. 끝까지 갔다가 되돌아 반 정도 왔을 때, 돌담 위의 울타리 틈새로 "스스무 맞지?" 하는 가오루의 목소리가 들렸다.

나는 휘파람을 멈추고 울타리를 올려다봤다.

"너한테 할 얘기가 있어서 왔어."

목소리를 낮추고 말했다.

"중요한 얘기야."

가즈히코가 보탠다.

"무슨 얘긴데?"

울타리 너머에서 목소리만 들린다.

"너희 집 운전사에 관한 얘기야."

"고마이시 아저씨? 아저씨가 왜?"

"있잖아, 어제……."

가즈히코가 말을 꺼내려는 순간 가오루가 "잠깐만." 하며 제지했다.

"지금 마쓰 아줌마가 이쪽으로 오고 있어."

이런……. 실패다.

내가 낙담하려는 찰나, 가오루가 빠르게 말했다.

"그럼, 거기서 기다려, 롯코의 여왕 찻집에서. 나도 조금 이따 갈게."

가오루를 따라 처음 들어갔던 날과 똑같이 이날도 롯코의 여왕은 부재중이었고 젊은 여자 아르바이트생이 가게를 보고 있었다. 손님은 아무도 없다.

나와 가즈히코는 창가 테이블석에 앉아 가오루를 기다렸다. 가오루에게 홍차를 얻어 마신 그날 이후로 우리는 무일푼으로 외출하지 않고 항상 약간의 돈을 소지하게 되었다. 바야리스(1923년 미국에서 제조되어 1951년부터 일본에서 발매된 과즙 음료 브랜드. 미국에서는 사라졌으나 일본에서는 현재까지도 판매되고 있다) 오렌지주스를 주문한 나는 가즈히코가 홍차를 주문하는 걸 보고 같은 걸로 바꿨다. 가오루에게 어린애처럼 보이는 게 싫었기 때문이다.

"잘 빠져나올 수 있을까?"

나는 격자무늬 창살이 들어간 유리창 밖을 수시로 쳐다봤다.

"우리랑 놀지 말라는 것뿐이지 외출까지 금지된 건 아니잖아."

가즈히코는 낙관적으로 예측했다.

"그래도 목발로 여기까지 오려면 힘들지 않을까."

보통 걸음으로도 칠팔 분 거리다.

"아닐걸. 가오루가 목발 짚는 걸 좋아하기도 했고, 그동안 제법 익숙해졌을 거야."

잠시 후 아르바이트생이 우리 앞에 홍차를 놓으며 말을 걸었다.

"너희 이 근처 사니? 지난번에도 왔지?"

"네, 뭐, 근처라면 근처예요."

가즈히코가 대답했다.

"그러면 미안한데, 잠깐 가게 좀 봐줄래? 내가 개를 좀 산책시키고 와야 해서."

언젠가 롯코의 여왕이 데리고 있던 그 셰퍼드 말인가?

"이전에 군견이었대. 그래선지 나이에 비해 건강하긴 한데 사장님이 산책은 하루도 빼먹지 말라고 하셨거든. 오늘은 사장님이 안 계셔서 손님도 거의 없을 것 같으니까 이십 분 정도만 좀 봐줘. 혹시 손님이 오면 잠시 기다리라고 해. 미안, 부탁할게."

아르바이트생은 우리의 대답을 듣지도 않고 일방적으로 말을 남기고는 가게 안쪽의 작은 문으로 나갔다. 롯코의 여왕의 자유분방한 근무 태도가 아르바이트생에게까지 전염된 걸까.

그리고 곧이어 가게 앞에 자동차가 정차하는 소리가
났다. 창밖을 보니, 녹색 차체에 흰색 지붕인 뷰익이 서
있었다. 운전석에서 흰색 셔츠와 흰 바지를 입은 고마이
시가 내렸다.

　　나와 가즈히코는 자기도 모르게 서로 얼굴을 마주 보
았다. 얼른 다시 밖을 내다보니, 고마이시가 차 뒷좌석
문을 열고, 차에서 내리는 가오루를 부축하고 있다. 한쪽
다리로 선 가오루에게 두 개의 목발을 건네주고 차문을
닫은 후 이번엔 가게 문을 열어준다.

　　우리는 시선을 창밖에서 실내로 옮겨 열린 문을 지켜
보았다. 목발을 짚은 가오루가 들어와 우리를 향해 미소
를 지었다. 그리고 그 뒤로 고마이시까지 그대로 같이 들
어왔다.

　　나와 가즈히코는 당황했다. 고마이시에 대해서 할 얘
기가 있다고 했는데, 그 장본인과 함께 오다니. 속으로
혀를 차고 있는 우리에게 가오루가 다가와 선 채로 이렇
게 말했다.

　　"소개할게. 전에 너희한테 얘기한 적 있는 삼촌이야.
병원에 데려다주는 길에 잠깐 여기 들르자고 했어."

　　나랑 가즈히코는 다시 얼굴을 마주 보았다.

　　"삼촌……?"

가즈히코가 되묻는다.

"응, 기요지 삼촌이서……. 왜 그래? 그렇게 긴장하지 않아도 돼. 엄마한테 혼난 얘기를 듣더니 삼촌은 하하하 막 웃은 사람이니까."

"그러면, 고마이시 아저씨는 지금 어디에……?"

"아저씨는 오늘 쉬는 날이야. 매주 수요일이 휴일이거든. 그래서 오늘은 삼촌이 대신 운전해 준 거야."

그런가? 그러고 보니 그날도……. 나는 기억을 떠올렸다. 가오루의 계모가 뷰익을 타고 외출하는 걸 본 날도 분명 수요일이었다. 그때 운전석에 탔던 사람은 지금 가오루 뒤에 서 있는 이 남자인데, 그럼 그 사람이 고마이시가 아니라 기요지 삼촌이었다는 건가. 우리는 줄곧 사람을 착각하고 있었던 거다.

가오루는 오른쪽 목발을 겨드랑이 밑에 끼우면서 한손으로 우리를 가리키며 삼촌에게 소개했다.

"아사기 가즈히코와 데라모토 스스무야."

"너희, 어제 나랑 만났지?"

구라사와 기요지가 말했다. 보기보다 나이 든 목소리다.

"숲속 길에서 말이야."

"어, 그랬나요? 모르겠는데. 스스무, 너 기억해?"

구라사와 기요지가 묘한 웃음을 짓는다.

그의 얼굴을 가까이에서 보다 보니 문득 깨달았다. 히토미 고모의 앨범에서 본 가오루의 아버지. 그가 누굴 닮았는지…… . 남동생인 이 남자와 닮았던 거다. 붕어빵처럼 닮은 건 아니지만 어딘가 닮은 구석이 있다.

까만 머리에 포마드를 발라 올백으로 넘겼고 얼굴은 핸섬하지만 웃으면 입술의 양 끝이 뒤틀리듯 치켜올라가는 것이 약간 비열해 보이는 인상이다.

"아사기라면, 호큐전철의 아사기 겐타로 씨 아들인가?"

기요지의 질문에, 가즈히코는 "네." 하고 대답하고는 도대체 이 자리를 어떻게 모면하면 좋겠냐는 눈빛으로 나를 쳐다본다. 나 역시 어찌해야 좋을지 판단이 안 선다.

가오루는 삼촌에게 목발을 맡기고는 가즈히코 옆자리에 앉더니 "가게에 아무도 없어?" 하고 내게 묻는다.

기요지는 목발을 카운터 테이블에 세워놓고, 내 옆자리에 털썩 앉았다. 머리에서 풍기는 포마드 냄새가 진하다. 나는 긴장한 채 대답했다.

"아, 개 산책시키러 갔어."

가오루는 응, 하고 땋은 머리를 뒤로 넘기며 고개를 끄덕였다. 그러고는 "그런데 고마이시 아저씨에 대한 얘기라는 게 뭐야?" 하고 다시 한번 물었다.

"아, 그게 그러니까…… ."

가즈히코는 운을 떼더니, 입이 마르는지 홍차를 한 모금 마시고 대각선 방향에 앉은 기요지를 한번 힐끗 쳐다보고 나서 가오루에게 이렇게 말했다.

"뷰, 뷰익 말이야. 어제 아버지가 갑자기 자동차를 한 대 살까 하시더니 뷰익은 어떨까 그러는 거야. 그런데 그 차는 고장이 잦다고 전에 고마이시 아저씨가 그랬다고 했던 말이 생각나더라고. 그래서 어떤 고장인지 아저씨한테 직접 물어보고 싶어서, 그 얘기 하려고 했어."

말을 마치고 앞머리를 옆으로 쓸어 넘긴다. 이마에 땀이 슬쩍 맺혔다. 임기응변치고는 그런대로 괜찮았어, 나는 마음속으로 가즈히코의 어깨를 두드렸다.

"뭐야, 그런 거였어? 그럼 고마이시 아저씨에 대한 얘기가 아니라 자동차에 대한 걸 아저씨한테 물어보고 싶다고 했어야지."

"그러게. 아까는 급하게 말하다 보니까 너무 생략해 버렸네."

"그런데 너희 아버지 보기보다 부자신가 보다. 너희 별장, 오두막집이네 어쩌네 하지만 실은 호화 별장 아냐?"

"아니, 그건 진짜 오두막집 맞아. 그런데 뭐 뷰익 살 정도의 돈은 모아두셨나 봐."

가즈히코는 이마와 콧등에 난 땀을 손으로 닦는다. 그

러자 기요지가 셔츠 주머니에서 미국 담배를 꺼내 한 개 비를 뽑으면서 나른한 어조로 말했다.

"기계라는 건 다 고장 나기 마련이야. 고장이 걱정되면 중고 지프라도 찾아보던가."

"알겠습니다. 아버지한테 그렇게 전해드릴게요."

가즈히코는 지체 없이 대답하고는 가오루를 향해 말했다.

"일부러 나오게 해서 미안. 고마워. 병원에 가봐야지?"

가즈히코나 나나 가오루를 만나서 기뻤고 우리가 본 것에 대해 경고해 주고도 싶었지만, 당사자가 동석한 이 자리에서는 도저히 불가능했다. 그러나 가오루는 테이블에 팔을 올리고 턱을 괴면서 말했다.

"갈 건데, 그 전에 차 한 잔 정도는 마시고 싶은데."

도통 일어날 기미를 보이지 않는 가오루에게 내가 말했다.

"아르바이트생은 이십 분 후에나 돌아와."

"얘기하면서 기다리면 이십 분은 금방이지."

가오루는 이때다 싶은 얼굴로 말을 이었다.

"게다가 이렇게 기요지 삼촌을 만났으니까 넷이서 재 밌는 얘기라도 하자."

라이터로 담배에 불을 붙인 기요지는 허공을 향해 후

하고 연기를 내뿜는다. 나는 왠지 다급해졌다.

"하지만 이렇게 우리랑 만나는 걸 너희 어머니가 아시면……."

"잠깐, 너희 뭐야."

가오루가 급기야 화를 냈다.

"중요하게 할 얘기가 있다고 자기들이 먼저 만나자고 해놓고선 무슨 태도가 이래?"

나는 가즈히코를 쳐다봤다. 나보다 말주변이 좋은 그에게 뒷일을 부탁하고 싶었다. 가즈히코가 서둘러 해명을 시도했다.

"그게 아니야. 사실대로 말하면, 자동차 얘기는 뭐 아무래도 상관없어. 나나 스스무는 널 만나고 싶다는 생각 하나로 이유를 꿰맞춘 것뿐이야. 그런데 막상 이렇게 만나고 보니까 이번엔 네 입장이 걱정되잖아. 우리 때문에 엄마한테 또 혼나는 거 아닌가 싶어서. 그게 걱정돼서 조마조마한 거야. 다른 뜻은 없어."

가오루는 가즈히코를 빤히 봤다가 나를 빤히 보더니 차분한 목소리로 말했다.

"고마워. 걱정해 줘서. 그리고 오해해서 미안."

그때 갑자기 기요지의 손이 내 어깨를 두드렸다. 나는 반사적으로 벌떡 일어날 뻔했다.

"너희, 꽤 착한 소년들이구나."

"……."

나와 가즈히코는 어색한 웃음을 지어 보였다.

"그런데 좀 어리네."

기요지는 내게 올린 손으로 내 어깨를 주무르면서 이렇게 말했다.

"이 세상을 아직 아무것도 모르는구나. 자기 주변에서 일어나는 일조차 몰라. 보들레르라고 알아? 프랑스 시인이야. 보들레르를 읽고, 정신연령을 좀 높여보면 어떨까? 『악의 꽃』이라고, 그 시집 안에 세상사 전부가, 인간의 모든 것이 들어 있어."

우리는 참회의 대가를 톡톡히 받고
비열한 눈물로 때가 씻기기나 한 것처럼.
희희낙락 진흙탕 길을 되돌아온다.

"알겠어? 알아들으면 어른인 거야."

역겨운 것에서 우리는 매력을 느끼고
날마다 지옥을 향해 한 걸음씩 내려간다.
악취 풍기는 어둠을 건너.

"너희가 가오루랑 소꿉장난을 못 하게 돼서 슬픈 것 같은데, 한 달만 지나면 다 잊어버릴걸. 가오루, 그만 가자."

기요지 삼촌이 자리에서 일어나 카운터에 세워둔 목발을 가지러 간다.

우리는 당혹스러운 마음으로 가오루의 얼굴을 봤다. 만약에 가오루도 맞아, 너희 진짜 유치해, 하는 표정을 지었다면 우리는 한동안 망연자실했을 것이다. 하지만 가오루는 그런 표정을 짓지 않았다. 테이블에 손을 짚고 일어서면서 약간 불쾌하다는 표정으로 우리에게 속삭였다.

"재밌는 얘기도 잘하는 사람인데 가끔 지금처럼 기분 나쁜 소리를 한다니까……. 난 한 달 지나도 잊지 않을 거야."

삼촌에게 받은 목발을 받아들고 가오루는 가게를 나가 뷰익에 올라탄 다음, 자동차 창문과 가게 창문, 두 겹의 창문 너머로 우리에게 손을 살짝 흔들었다.

14

8월 14일 목요일 맑음, 밤에 폭우
가즈히코가 해양학교로 출발했다.

장소는 아와지섬이라고 한다.

나는 아주머니를 잠깐 도와드렸다.

어떻게 해야 할까……. 우리는 밤새 고민했다. 고용인
의 문제라면 거리낌 없이 일러줄 수 있지만, 그녀의 삼촌
을, 더군다나 구라사와 집안에서는 히토미 고모와 함께
그녀의 편이 돼준다는 기요지 삼촌에 대해 가오루에게
어떻게 말해야 좋을까.

가즈히코가 해양학교로 떠나는 날. 아침에 출근하는
아저씨와 같이 산 아래로 내려가는 가즈히코를, 아주머
니와 나는 케이블카 역까지 배웅했다. 케이블카를 타기
전에 가즈히코가 내게 속삭였다.

"내가 없는 사이에 도쿄로 돌아가지 마. 해양학교 끝나
면 다시 의논하자. 그때까지는 각자 생각하자고. 난 아와
지섬에서 생각해 볼게."

가즈히코가 없는 동안 아주머니는 내게 목제 완구 만
드는 일을 거들어보지 않겠냐고 권했다. 지루함이 조금
은 가시지 않을까 하는 배려이리라. 아주머니의 작업실
에는 소형 전동 실톱 기계가 있었다. 그걸 사용해 뭔가를
만들어봐도 좋다고 하셨지만 나는 사양했다. 좀 더 단순

하게 도울 수 있는 일을 하고 싶었다. 다른 생각을 하면서도 할 수 있도록.

그래서 오전엔 아주머니 옆에 앉아 조립 전의 완구 부품에 사포질하는 작업을 했다. 그런데 가오루와 기요지 삼촌 생각에 빠지는 바람에 필요 이상으로 사포질을 해버려 완구 부품의 모양이 일그러지는 실수를 두 번이나 했다.

오후에는 다른 작업이 할당됐다. 완구 재료인 너도밤나무 재목. 창고에서 건조시키고 있는 대량의 목재를 건물 뒤쪽 응달에서 1미터 사이즈로 잘라놓는 일이었다. 목공소에서 쓰는 톱을 쥐고 쓰윽쓰윽, 나는 그 일에 전념했다. 이 작업이라면 설령 다른 생각에 빠지더라도 실수할 걱정은 없다.

그 작업이 3분의 2쯤 끝났을 무렵이었다. 어디선가 휘파람 소리가 들려왔다.

…….

〈테네시 왈츠〉. 나는 톱을 내려놓고 휘파람 소리가 나는 방향을 따라 빠른 걸음으로 걸었다. 별장 진입로 입구에 목발을 짚은 가오루가 서 있었다. 혼자였다.

"전화번호부에 있는 주소를 들고 이 근처를 찾아다녔

는데, 샛길 안쪽에 있는 저 건물이 보이는 거야. 순간 가즈히코가 오두막집이라고 했던 게 생각나서 분명 이 집일 거라고 확신했지."

내 뒤에 있는 건물을 보며 가오루가 말했다. 약간 놀리는 것처럼 들릴 수 있는 말이지만, 그녀의 표정과 말투에서 그런 기색은 찾아볼 수 없었으니 그저 사실을 솔직하게 말하고 있을 뿐이리라.

"그러면 안으로 들어와서 부르지 그랬어."

"그럴까 했는데, 왠지 좀 망설여졌어. 그리고 나도 네가 했던 것처럼 휘파람으로 불러내 보고 싶었어."

그렇게 말하며 부드럽게 웃었다.

"집에는 비밀로 하고 왔어?"

"당연하지. 어제 삼촌이 이상한 말을 해서 기분 나빴지? 그것 때문에 혹시 나까지 싫어지면 어쩌나 걱정이 돼서 몰래 만나러 온 거야."

가오루는 그런 말을 하는 자신이 쑥스러운지 고개를 숙였다. 몸이 살짝 앞쪽으로 기울자 목발을 움직여 균형을 잡는다. 길게 땋은 양 갈래머리가 가슴께에 내려와 있다.

나는 체육복 바지 뒷주머니에 손을 찔러 넣은 채 운동화 앞코로 땅을 톡톡 찼다. 그러고는 가오루의 내리깐 속눈썹을 바라보면서 역시나 좀 쑥스럽게 대답했다.

"싫어지다니. 그럴 일은 없어."

"다행이다."

가오루가 고개를 들고, 이렇게 털어놓았다.

"나 어제 삼촌이랑 싸웠어. 너희랑 헤어지고 나서 차 안에서 말다툼을 했거든. 기요지 삼촌이랑 싸운 건 처음이야."

"……. 뭐라고 하면서 싸웠는데?"

"그게 그러니까……."

가오루는 말을 꺼내려다가 "가즈히코는?" 하고 물었다.

"오늘부터 해양학교야. 아와지섬에 갔어. 일요일에 돌아와."

"그런 얘기, 한마디도 안 했잖아."

"처음엔 안 갈 생각이었던 것 같은데 어차피 너랑 못 놀게 됐으니 갔다 온다고, 나 혼자 두고 가버렸어."

"흐음."

가오루는 고개를 끄덕이고는 주위를 잠시 둘러봤다.

"어디 사람들 눈에 안 띄는 곳에 가서 얘기할래?"

여기도 인적이 그리 많은 곳은 아니지만, 그렇다고 전혀 없는 것도 아니다.

"그럼 잠깐만 기다려. 나간다고 말하고 올게."

나는 집으로 뛰어가서 남은 작업은 내일 하겠다고 아

주머니에게 말한 다음, 돌려주지 못했던 쌍안경을 들고 다시 가오루에게 뛰어갔다. 아주머니가 나를 끈기 없는 아이라고 생각했을지도 모르겠다.

우리는 근처 숲속의 오솔길로 들어갔다. 거기 있는 길쭉한 바위에 나란히 앉아, 가오루가 좀 전에 하던 얘기를 계속했다, 삼촌과 싸웠다는.

"너희가 날 싫어하게 된다면, 그게 다 삼촌 때문이라고 하면서 화를 냈더니 삼촌이 도리어 나한테 막 호통을 치는 거야. 그런데 그 말이 진짜 심했어. 첩의 딸 주제에 어디서 큰소리냐고. 불쌍해서 좀 봐줬더니 기어오른다면서 분수를 알라고 하더라. 삼촌이 속으로는 그렇게 생각했구나 싶어서 눈물이 나더라고. 그랬더니 질질 짜지 말라면서 또 고함을 치는 거야. 그래서 하는 수 없이 입술을 깨물고 눈물을 참았어. 이제 삼촌이랑은 전처럼은 못 지낼 것 같아. 뭐랄까, 그 사람의 본성을 다 봐버린 기분이야. 옆에 가는 것도 무서워."

"있잖아……."

나는 말문을 열었다가 망설였다. 가오루에게 일러주려고 했던 것, 그걸 지금 말해야 할지 말아야 할지 고민됐다. 기요지가 야쿠자 같은 남자들과 같이 있었던 일을 가오루에게 얘기해야 하나 말아야 하나.

지금의 가오루에게는 그런 경고가 필요하지 않을 것 같기도 했다. 그녀는 이미 기요지를 두려워하고 있다. 그런데 그걸 더욱 부채질하는 말을 굳이 할 필요가 있을까. 어린 마음에도 그런 생각이 들었다.

"응, 왜?"

가오루는 다음 말을 재촉하는 눈빛으로 나를 쳐다봤다.

"뭔데? 얘기해."

"아니, 그러니까……."

"뭔가 할 말이 있는 거지? 말해줘."

가오루가 초조해하며 재촉한다.

다시 생각하니 말을 하려다 말면 오히려 가오루를 더 불안하게 할 것 같았다. 역시 하나의 사실로 전하기로 마음먹었다.

"그럼 말할게. 네 삼촌에 대해, 사실 너한테 할 얘기가 있거든."

"무슨 얘기인데?"

나는 가르벤 연못에서 돌아오는 길에 봤던 광경을 가오루에게 얘기했다. 내 얘기를 다 듣고 난 가오루는 미간을 찌푸리며 고개를 돌렸다.

"아마 그 사람들한테 독촉받고 있는 걸 거야."

"독촉?"

"기요지 삼촌이 도박하다가 빚을 많이 진 모양이야. 지난번 아빠 기일 때도 그 일로 친척들한테 잔소리를 듣고 그랬거든. 그 빚 독촉을 받은 게 분명해. 그래서 신경이 날카로워져서 나한테 가시 돋친 말을 했던 거야."

그리고 가까이에 있는 나무를 보며 울적하게 중얼거렸다.

"삼촌은 비틀린 나무야. 비틀린 나무의 줄기처럼 점점 꼬여가고 있어. 그 나무는 꽃이며 잎이며 다 독이 있잖아. 삼촌 안에도 독이 차 있어."

구라사와 집안에서 가오루 편이 되어줄 사람은 이제 히토미 고모밖에 없는 것 같다. 앞으로 점점 더 눈칫밥을 먹게 될 게 분명한 가오루가 가엾어서 가슴이 아팠다.

"빨리 내후년이 됐으면 좋겠다."

가오루가 한숨을 내쉬며 말했다.

"내후년?"

"응, 나 여학원 중학부 졸업하면 그 집에서 나와서 취직할 생각이거든. 미요 언니도 중학교 나와서 저렇게 일하잖아. 나도 그러려고. 이건 전부터 생각했던 거야. 그리고 혹시 가능하면 일하면서 야간 고등학교에 다닐 생각이야."

나는 뭔가에 홀린 것처럼 느닷없이 이렇게 말했다.

"열여덟 살이 되면 나랑 결혼해 줄래?"

가오루는 내 얼굴을 가만히 바라봤다. 나는 진심이라는 걸 알리려고 진지한 표정으로 그녀의 눈빛을 온전히 받았다. 고개를 살짝 갸웃거리며 가오루가 말했다.

"4년 후의 일을 지금 어떻게 결정하겠어."

"그건 그렇지만……."

나는 기가 꺾여 말문이 막혔다. 그러자 가오루가 아쉽다는 듯 씁쓸하게 웃는다.

"스스무는 너무 박력이 없다. 가즈히코는 더 끈질기던데."

"응?"

"걔가 먼저 선수 쳤어. 저번에 엄마한테 혼났던 날, 실은 가즈히코한테 프러포즈를 받았거든."

그 말을 들은 순간, 내가 프러포즈했다는 사실은 까맣게 잊고, 그저 가즈히코가 기막힐 따름이었다. 가오루는 가슴께에 흘러내린 양 갈래머리 한쪽을 만지작거리며 말했다.

"사실 난 그때, 너희가 혹시 짓궂은 내기라도 한 게 아닐까 싶었어. 중학생이 프러포즈라니, 당연히 장난치는 거라고밖에 생각이 안 들잖아. 엄마한테 혼나고 너희랑 노는 게 금지된 것도 슬펐는데, 그 후에 혼자 거울을 보면서 가즈히코가 당연히 장난으로 프러포즈한 거라고 생각하니까 왠지 더 서글프더라. 어떻게 봐도 진심으로 그런 말을 할 정도로 나한테 매력이 있지는 않은 것 같았거든. 그런데, 전에 셋이서 가르벤 연못에 갔다 오는 길에 가즈히코가 유리병에 담은 꽃을 조심스럽게 가져다 줬잖아? 그리고 내 방에 놀러 왔을 때 꽃이 없는 걸 보고 실망하던 얼굴. 그 꽃, 실은 엄마가 버렸거든. 내가 꽃을 눌러서 말린다느니 어쩌느니 하는 어설픈 변명을 할 때도 걔는 그걸 믿는 척해줬어. 그런 일들을 떠올리다 보니까, 어쩌면 7할 정도는 진심일지도 모르겠다는 생각도 들더라."

"나도 진심이야."

나는 힘주어 말했다.

"그럴지도 모르지. 그런데 먼저 프러포즈해서 그렇다는 건 아니지만, 나중에 결혼한다면 역시 가즈히코가 아닐까 싶어. 난 정이 많아서 스스무도 무척 좋아하지만, 그래도 아마 가즈히코를 선택할 것 같아."

"……. 그렇구나."

나도 모르게 목소리가 가라앉는다.

"그런데 이게 열네 살들끼리 할 얘기니? 4년 후면 가즈히코나 스스무, 그리고 나도 완전히 달라져 있을 텐데. 지금 이런 얘기를 해봤자 무의미한 것 같아. 한 달 정도는 잊지 않는다 하더라도 4년이나 지나면 서로 잊어버리지 않을까? 게다가 난 여자니까 열여섯이면 결혼할 수 있어. 그러니까 2년 뒤에 다른 사람을 만나서 후딱 결혼해 버릴지도 모르는 일이고."

잠자코 있는 내게 가오루는 이런 말도 했다.

"그리고 너희의 그런 감정이 나에 대한 동정심에서 비롯됐다는 걸, 너희 스스로는 모르고 있는 걸지도 몰라."

가오루를 구라사와 별장 근처까지 바래다주고 헤어지기 전에 그녀의 목에 쌍안경을 걸어주었다.

"이것 덕분에 너희 둘을 만났어."

가오루가 진지한 얼굴로 말했다.

"울타리 틈새에서 이걸로 호리병 연못을 보고 있는데 너희가 연못 수련에 돌멩이를 계속 던지는 게 보이더라고. 처음엔 나쁜 애들인 줄 알았어. 그때 내가 한 소리 하러 가지 않았더라면 우리는 못 만났을지도 몰라."

"앞으로도 가끔씩 호리병 연못을 들여다봐. 그러다 우리가 보이면 슬쩍 빠져나와."

"응, 그럴게."

가오루가 언덕을 올라가는 모습을 지켜본 뒤, 나는 터벅터벅 발길을 돌렸다. 그런 내 옆으로 검은색 자동차가 한 대 지나간다. 돌아보니 구라사와 별장 쪽으로 올라가는 비탈길로 꺾어 들어간다.

뒤쪽 창문으로 뒤통수가 보이던 남자는 구라사와 신야일까. 일이 바빠서 별장에는 아주 가끔 들른다는 구라사와 집안의 실세. 히토미 고모의 앨범에서 본 제복 차림의 그 예쁘장한 청년? 하지만 나는 구라사와 신야의 실제 얼굴을 한 번도 본 적이 없었다.

그날 밤, 내가 롯코산에 온 이후로 가장 큰 비가 내렸다.

VI

. . . . . .

1952년

오른쪽 다리가 아프다. 비가 오는 날은 늘 그렇다.

그러나 지금 그런 말을 하고 있을 때가 아니다. 나는 손전등을 들고 로프웨이 폐역으로 들어갔다.

"당신이 기쿠오 형을 죽였지?"

전화로 날 협박한 기요지. 그의 말이 머릿속에서 떠나질 않는다.

"다 알고 있어. 형이 죽기 얼마 전에 나한테 말했어. 당신이 히토미를 꼬셨다고. 우리 집안을 어떻게 해볼 생각인 것 같으니 가만두면 안 되겠다고 말이야. 그러고는 바로 형이 죽었어. 죽은 형 옆에 멈춰 있던 전차는 당신이 운전했던 전차잖아. 내가 거기까지 다 조사했어. 어때, 이게 그냥 우연일까? 이 문제로 경찰에게 의견을 좀 구해볼까 하는데. 그래 맞아. 이건 협박이야. 당신을 협박하고 있는 거라고. 나는 지금 돈이 필요해. 심각한 빚이 있거든. 빨리 갚지 않으면 내 목숨이 위험한 상황이야. 그러니 돈만 내놓으면 당신이 한 짓은 아무한테도 말 안 해."

이자가 하는 말은, 소위 말하는 상황증거에 지나지 않는다. 하지만 세상 사람들의 입방아에 오르내리기에는 충분한 재료가 되겠지.

사람들의 입방아? 그게 무슨 대수겠는가. 이따위 협박은 무시하자. 처음엔 그렇게도 생각했다. 그러나 응하든 무시하든, 상대는 앞으로도 계속 집요하게 나를 따라다닐 것이 뻔하다.

손전등 불빛이 만든 원 안에 기요지의 모습이 보였다.

상대도 손전등으로 날 비춘다.

그가 내게 다가와 걸음을 멈춘다.

무언가를 말하기 전, 나는 방아쇠를 당겼다. 머리를 향해 두 발. 왈서Walther P-38. 독일어를 할 수 있는 기쿠오는 이걸 '발터'라고 발음했지.

VII

롯코산
1952년 여름〔4〕

1

8월 15일 금요일 맑음

(……공백……)

어젯밤엔 폭우가 내렸지만, 아침이 되자 쾌청했다.

아침 식사 후 나는 어제 하다 만 일을 다시 시작했다. 너도밤나무 재목을 톱으로 자르는 작업이다. 어제와 마찬가지로 건물 뒤편의 응달에서 작업하고 있는데, 열 시가 조금 지났을 때 아주머니가 나를 불렀다.

"가오루 전화야."

가오루에게서 온 전화는 항상 가즈히코가 받았기 때문

에 내가 직접 통화하는 건 처음이었다.

"여보세요."

"스스무?"

"응, 안녕."

"들었어?"

가오루가 느닷없이 묻는다.

"뭘?"

"아직 소식 못 들었구나. 있잖아, 기요지 삼촌이 살해 당했어."

놀라서 입이 떡 벌어진 내가 뭐라 말할 틈도 안 주고, 가오루는 말을 이었다. 식구들 몰래 전화를 하는지 목소리가 낮았다.

"길게 얘기 못 하니까 빨리 말할게. 우체국 직원이 발견했대."

"우체국?"

"듣기만 해. 어젯밤에 숙직하던 직원이 탕, 탕, 하는 소리를 들었대. 그래서 아무래도 이상하다 싶어 날이 밝고 주변을 둘러봤는데. 너, 로프웨이 역이 있던 곳 알지?"

"응, 알아."

"거기가 우체국 뒤잖아. 총알 같은 걸 머리에 맞고 죽어 있더래. 그래서 지금 집에 고베 경찰이 잔뜩 와 있어. 어른들은 전부 따로따로 방에 들어가서 조사받고 있어. 마쓰 아줌마랑 미요 언니까지. 나도 이따가 조사받을 거래. 그래서 너한테 묻고 싶은 건데, 너희가 가르벤 연못에서 집에 오는 길에 봤다던 광경을 경찰한테 말해도 될까?"

나는 갑작스럽게 들은 이야기를 머릿속으로 다시 한번 곱씹어봤다. 솔직히 말해서 슬프지는 않았지만, 역시 충격적이었다. 마음을 가라앉히고 가오루에게 대답했다.

"되지, 사실이니까."

"너희도 불러서 조사할지 모르는데."

"상관없어. 본 걸 그대로 얘기할게."

"그래, 알았어. 그럼 전화 끊을게, 안녕."

오후의 라디오 뉴스에서도 이 사건이 보도됐다.

이윽고 형사 두 명이 나를 찾아와 이것저것 묻고 갔다. 형사들이 돌아간 뒤에도 어쩐지 신경이 곤두서서 가만히 있지 못하고 앉았다 일어섰다를 내내 반복했다. 그런 내게 아주머니가 코코아를 타주셨다. 그걸 후후 불어가면서 마시다 보니 그제야 마음이 좀 편안해졌다.

나는 혼자서 로프웨이 폐역으로 가봤다. 입구 앞에 경찰이 서 있고, 열몇 명쯤 되는 구경꾼들이 속닥거리며 현장을 바라보고 있었다.

2

8월 16일 토요일 맑음

(……공백……)

라디오 뉴스로 그 후의 수사 상황을 좀 알게 됐다.

구라사와 기요지가 불법 도박에 빠져 거액의 빚을 졌다는 사실을 경찰이 확인하고, 참고인으로 조직 폭력배 여러 명을 조사하고 있다는 내용이었다.

3

8월 17일 일요일 맑음

오후 세 시쯤, 가즈히코가 해양학교에서 돌아왔다.

가즈히코는 구릿빛 피부가 되어 돌아왔다.

그늘이 드리운 나무 아래 풀밭에 앉아, 내가 알고 있는 모든 일을 가즈히코에게 얘기했다. 붉게 물든 태양이 기울어가는 동안 우리는 사건에 대한 감상은 굳이 말하지 않았다. 그 대신 양손을 뒤로 짚고 붉은 빛 구름을 올려다보거나 풀을 잡아 뜯기도 하고 가벼운 한숨을 내뱉었다. 사정을 모르는 사람의 눈에는 마치 누군가를 기다리다 지쳐 따분해하고 있는 것처럼 보였을지도 모른다.

맴맴매애앰…… 하고 어디선가 저녁 매미가 울었다. 다른 방향에서는 애매미 울음소리도 들렸다. 이제 곧 여름이 끝나간다는 사실을 우리에게 알려주기라도 하듯.

4

8월 18일 월요일 맑음
아버지가 간사이로 출장을 와서 롯코산 호텔에 묵었다.

오전에 가즈히코와 나는 전망대에 가서 아시야 일대를 둘러봤다.

구라사와 기요지의 장례일이다. 장례식은 산 위의 별장이 아니라 구라사와 집안 본가에서 치러지기 때문에 지금쯤 가오루도 거기에 있을 것이다.

늦여름 햇살이 오사카, 그리고 아시야와 고베, 오사카만까지 찬란히 비추고, 희미한 구름 그림자가 천천히 흘러간다.

"네가 가면 심심하겠다."

가즈히코가 나지막이 중얼거렸다.

어제 저녁, 도쿄에 계신 아버지가 아사기 아저씨에게 전화를 걸어 간사이 출장을 오는 김에 날 데려가겠다고 알린 것이다.

"다음엔 네가 도쿄로 놀러 와."

내가 가즈히코의 어깨를 툭 치며 말했다.

"하지만 겨울방학이나 봄방학은 다 짧잖아."

가즈히코가 그렇게 말하고는, 나를 곁눈질로 쳐다봤다.

"거기다 나만 가면 안 좋아할 거잖아. 가려면 가오루도 같이 가야지."

"그게 되겠냐?"

대답은 이미 알고 있었기에, 가즈히코는 입을 다물었다. 그러다가 잠시 후 이런 말을 했다.

"10년쯤 지나면 우린 어떻게 돼 있을까? 나랑 너랑 가오루."

그건 그 누구도 답할 수 없는 질문이라, 이번엔 내가 무언의 대답을 했다.

저녁 무렵, 나는 아버지를 마중하기 위해 케이블카 역

으로 갔다. 가즈히코도 따라왔다.

야간열차로 오늘 아침 오사카에 도착한 아버지는 일을 마친 뒤 아사기 아저씨와 만나 롯코로 올라오기로 돼 있었다.

롯코산 위에 있는 케이블카 역은 콘크리트 건물이지만 어딘가 고풍스러운 분위기가 있다. 가즈히코 말로는 아르데코Art deco 스타일이라고 한다. 천장과 기둥에 달린 조명 디자인도 전쟁 전의 감각으로는 분명 세련된 스타일이었을 것이다. 미군도 산 위까지 폭격하지는 않았는지 롯코산 호텔이나 이 케이블카 역처럼 전쟁 전부터 있던 옛 건물이 그대로 남아 있다.

우리는 역 구내의 기둥을 등진 나무 벤치에 앉아 기다렸다. 진갈색 판자가 쳐진 매표소 창구. 그 오른쪽이 승강장 입구고, 왼쪽에는 출구 문이 있다. 1호 차량과 2호 차량이 이십 분 간격으로 교대로 운행되는데, 역 지하에서는 부웅 하며 케이블을 감아올리는 기계에서 나는 울림이 낮고 묵직하게 들려온다. 열기를 머금은 기계의 기름 냄새도 희미하게 새어 나왔다.

밑에서 올라온 케이블카가 도착하고, 승객들이 승강장 계단을 올라오는 발소리가 나더니 출구 문이 열리며 열몇 명의 사람들이 나타났다. 그 속에 아버지와 아저씨도 있었다. 가즈히코와 나는 벌떡 일어섰지만, 곧바로 다가가지는 못하고 그 자리에 서 있었다. 왜냐면 아버지와 아저씨가 롯코의 여왕과 대화를 나누며 나왔기 때문이다. 두 사람은 롯코의 여왕과 작별 인사를 나누고, 그녀가 사라져 가는 뒷모습을 지켜보고 나서야 우리를 발견했다.

아사기 아저씨네 별장에 가까이 왔을 때 우리 네 사람 옆으로 녹색 차체에 흰색 지붕을 한 뷰익이 지나쳐갔다. 그러다 얼마 안 가 급히 멈춰 섰다. 뒷좌석 창문으로 이쪽을 돌아보는 사람은 히토미 고모였다. 가즈히코와 난 아저씨와 아버지에게 양해를 구하고, 뷰익 쪽으로 달려갔다. 열린 뒷좌석 창문 너머로 상복을 입은 히토미 고모가 미소 짓고 있었다.

"일주일만이네."

하지만 그 미소에는 기운이 없었고 안색도 좋지 않았다.

"오늘이 장례식이었죠?"

가즈히코가 물었다.

"응. 기요지 오빠 사건 이후로 뭘 통 먹지를 못했어. 거기다 오랜만에 아래에 내려갔더니 더위를 먹어서 몸 상태가 엉망이야. 그래서 나 먼저 별장으로 돌아오는 길이야."

"그러셨군요."

아저씨와 아버지가 대화 중인 우리 옆을 스쳐 지나갔

다. 두 사람도 궁금한지 힐끔힐끔 돌아본다. 하지만 소개하고 인사를 주고받는 게 지금 상태의 히토미 고모에게는 부담이 될 것 같아 일부러 무시했다. 가즈히코도 마찬가지인 것 같았다.

"가오루는 어떤가요?"

가즈히코가 물었다.

"사람들 틈에서 평소 이상으로 조용히 있어. 너희랑 만나는 걸 새언니가 금지시켰다면서? 이럴 땐 친한 친구가 보고 싶을 텐데 말이야. 가끔씩 내가 중간에서 연락해 줄게."

가즈히코와 나는 기뻐서 얼굴을 마주 보았다. 하지만 생각해 보면 난 내일 이곳 롯코를, 간사이를 떠난다. 가즈히코는 그렇다 쳐도, 내가 기뻐해 봐야 아무 소용없다. 그런 생각이 들었다.

"저기, 그럼 바로 부탁드릴 게 있는데요."

가즈히코가 말했다.

"가오루한테 전해주셨으면 해요. 스스무가 내일 도쿄로 돌아간다고."

"어머, 스스무, 집에 돌아가는 거니?"

"네."

"그렇구나. 하긴 여름방학도 슬슬 끝나가네."

히토미 고모가 고개를 천천히 끄덕인다.

"몇 시에 출발해?"

"오전 열 시요."

가즈히코가 대답했다.

"케이블카로 내려가요."

"응, 알았어. 전해줄게. 가오루는 내일 돌아올 예정이거든. 내가 전화해서 아침에 오라고 말해둘게. 다른 식구들이 늦어질 것 같으면 혼자서라도 먼저 오라고 할게. 내 간병이라는 명목으로 부르면 새언니도 아무 말 안 할 거야."

우리가 고개를 숙여 감사 인사를 했다.

"그럼 난 이만 갈게."

히토미 고모가 가볍게 손을 흔들었다.

"고마이시 씨, 가요."

히토미 고모가 착실해 보이는 중년의 운전사에게 그렇게 지시하자마자 뷰익은 이내 멀어져 갔다.

우리가 아저씨네 별장에 도착했을 때는, 양복 상의를 벗고 넥타이를 푼 아버지가 아저씨와 함께 집 밖에 나와 석양이 물든 계곡을 바라보고 있었다.

가즈히코는 그대로 집 안으로 들어갔지만, 나는 밖에 남아 두 사람 뒤에 서서 주변 풍경을 바라봤다. 아버지는 처음 보는 경치를 감상했고, 나는 마지막으로 보는 저녁 풍경을 아쉬워했다. 하지만 띄엄띄엄 귓가에 닿는 아버지와 아저씨의 대화는 별장이나 풍경에 관한 것이 아니었다. 아버지가 이런 말을 했다.

"깜짝 놀랐네. 설마 베를린의 그녀가 여기에 있을 줄이야. 봄에 우리 집에 왔을 때 왜 말 안 했나?"

아저씨가 대답했다.

"갑자기 만나게 해서 놀라게 해주려고 그랬죠."

"사람도 참. 그나저나 대체 어떻게 다시 만난 거야? 자세히 얘기 좀 해봐."

"그 여행에서 돌아온 지 3년 후에 내가 도쿄로 장기 출장을 갔다가 우연히 만났어요. 아는 사람이 하는 술집에서 일을 도와주고 있더라고요."

"술집?"

"네. 그런데 사람 상대하는 일이 적성에 안 맞는 것 같다고 그만두고 싶어 하더라고요. 그때 마침 고시바 회장님도 도쿄로 출장을 오셔서, 내가 일부러 아무 말 안 하고 그 사람이 있는 가게로 모시고 갔죠. 회장님도 깜짝 놀라시더라고요."

"하하, 눈에 선하네."

그때 가즈히코가 창문 너머로 아버지를 불렀다.

"아저씨, 전화 왔어요. 고시바 회장님이에요."

"이야, 호랑이도 제 말 하면 온다더니."

아버지는 서둘러 안으로 들어갔다.

연신 굽실굽실 고개를 끄덕이면서 전화를 받던 아버지가 수화기를 내려놓고 아저씨를 향해 쓴웃음을 지어 보였다.

"이분 성격 급한 건 여전하시네. 아직 안 오고 뭐 하냐고, 저녁도 안 먹고 기다리고 있다고 그러시네. 아이고, 맙소사. 그럼 어디 가볼까."

아버지와 아저씨는 고시바 회장이 기다리는 롯코산 호텔로 갔다. 아버지는 거기서 묵을 예정이라고 한다. 아저씨네 좁은 별장에서 부자가 둘 다 신세를 질 수는 없다는 배려일까.

5

8월 19일 화요일 맑음

롯코산을 뒤로하고 아버지와 함께 도쿄로 돌아왔다.

오랫동안 기억에 남을 여름방학이었다.

오전 열 시에 케이블카 역에서 아버지와 만나기로 돼 있었다.

아사기 아저씨는 아버지와 나를 오사카역까지 배웅하기 위해 회사에 좀 늦게 출근하기로 하고 나랑 같이 별장을 나섰다. 가즈히코는 물론 아주머니도 케이블카 역까지 같이 가주었다.

역 안으로 들어갔더니 가오루가 이미 와서 벤치에 앉아 기다리고 있었다. 우리를 보고는 자리에서 일어나 아사기 아저씨 부부에게 인사했다. 목발은 이제 쓰지 않는 모양이었다. 아저씨와 아주머니는 아버지를 기다리겠다며 역 현관 입구에서 등을 돌리고 서 있었다. 우리가 서로 충분히 작별을 아쉬워할 수 있도록 해주신 배려였다.

가오루가 흰 종이를 둥글게 말아 파란색 리본으로 묶은 것을 내게 내밀었다. 리본을 풀어 펼치자 예의 그 그림이었다. 가르벤 연못에서 가오루가 그린 수채화. 숲에 둘러싸인 연못 속에서 헤엄치는 두 소년은 물론 나와 가즈히코다.

"학교에 제출할 숙제 아니었어?"

내가 깜짝 놀라며 물었다.

"학교에는 다른 그림을 대충 그려서 낼 거야. 이건 너 줄게."

272

가오루가 눈을 치켜뜨며 웃는다.

"도쿄 가져가서 네 숙제로 학교에 내면 안 돼."

가즈히코가 농담했다.

"아, 그거 좋은 생각이다."

나도 실없이 맞장구를 쳤다.

"바보."

가오루가 눈을 흘기고는, 내 손에서 그림을 다시 가져가 원래대로 둘둘 말고 리본도 다시 묶었다.

부러움 섞인 눈길로 쳐다보던 가즈히코가 "아, 이런!" 하고 이마에 손을 댔다.

"엄마가 너 주라고 나한테 선물 맡겼는데 갖고 나오는 걸 깜빡했어. 아직 시간 있으니까 얼른 가서 가져올게."

뛰어가는 가즈히코의 모습을 지켜보다가, 단둘이 남았다는 사실을 깨달은 가오루와 나는 서로의 얼굴을 바라보며 살짝 어색한 미소를 지었다. 헤어지는 순간에 뭔가 멋진 말이라도 하고 싶은데, 무슨 말을 해야 좋을지 알 수가 없었다. 가오루도 내 교복 셔츠 깃을 고쳐줬다가 자신의 흰색 원피스 자락을 툭툭 털기만 할 뿐, 평소와 달리 말수가 적다.

나는 무슨 말이라도 해야겠다고 마음먹고 말문을 열었다.

"목발은 이제 안 써도 되는 거야?"

그러자 가오루가 오른쪽 다리를 앞으로 내밀어 보이면서 대꾸했다.

"역시 목발 안 쓰고 걸으니까 이보다 좋을 수가 없어. 진짜 불편했거든. 도쿄에도 있지 않아? 한쪽 다리 없이 목에 모금함을 걸고 목발 짚고 길에 서 있는 그런 상이군인들 말이야. 앞으론 그런 사람들을 보면 훨씬 더 마음이 아플 것 같아. 신야 고모부도 제대하고 왔을 땐 목발을 짚었다던데, 그냥 걸을 수 있게 된 걸 보면 진짜 운이 좋은 거야."

"히토미 고모의 남편?"

"응, 전장에서 한쪽 다리에 총을 맞았대. 전쟁이 끝나고 제대해서 호큐전철에 복직했다가 회사 임원의 소개로 히토미 고모랑 선봐서 결혼한 거야."

그러고 보니 히토미 고모 방 창문으로 봤을 때, 마쓰 아줌마가 받쳐주는 우산을 쓰고 그가 검은색 자동차로 걸어갈 때 한쪽 다리를 약간 저는 것 같았다.

"총 얘기가 나와서 말인데."

가오루가 화제를 바꿨다.

"삼촌 사건의 최신 소식 들었어? 삼촌을 쏜 총이 발견됐대."

"정말? 어디서?"

"현장 근처 숲속에서. 누가 발견했는지 알아? 롯코의 여왕이야. 개를 산책시키는데 개가 자꾸만 풀숲으로 들어가더니 권총을 물고 나왔대. 그래서 경찰이 조사했는데, 삼촌이 맞은 총알과 일치했어."

"굉장히 중요한 단서를 찾은 셈이네."

"그렇긴 한데 지문이 안 나와서 어디까지 단서가 될 수 있을지는 장담할 수 없나 봐. 아무튼 난 어쩐지 삼촌답게 죽었다는 생각도 들어."

"보들레르의 시 같아."

롯코의 여왕 찻집에서 기요지 삼촌이 읊었던 시.

"나도 장례식 내내 같은 생각을 했어……. 아, 저분이 스스무 아버지셔?"

가오루의 말에 뒤를 돌아보자, 아버지가 도착해 아저씨 부부와 대화를 나누고 있었다. 가즈히코가 아직 오지 않았지만, 오사카역의 열차 시간에 충분히 여유를 두고 아버지와 만나기로 해서 당장 케이블카를 탈 필요는 없었다.

내가 또래 소녀와 다정하게 얘기하는 모습을 본 아버지가 흥미진진한 표정으로 다가왔다. 안경을 살짝 들어올리며 가오루를 쳐다본다. 나는 아버지에게 가오루를 소개했다. 성은 생략하고 이름만 알려줬다. 아버지가 신문이나 라디오에서 구라사와 기요지 사건을 들어서 알고 있을지도 모르고, 그걸로 가오루에게 이런저런 질문을 할 수도 있으니까 그에 대한 예방 차원이었다.

어른을 대하는 가오루는 사람을 잘못 봤나 싶을 정도로 예의 발랐다. 어쩌면 그런 태도는 가오루가 자신을 둘러싼 환경에 적응하기 위해 어릴 적부터 터득한 기술이 아닌가 싶어, 나는 감탄스럽기보다 오히려 짠했다.

어느새 아주머니가 매표소 앞에 서 있었다. 아버지도 눈치를 채고 아저씨에게 말했다.

"차표는 내가 사야지. 아들이 이렇게 오래 신세를 졌는데 표까지 받으면 안 되지."

"입장권 사러 간 거예요. 승강장까지 같이 내려가려고."

"아, 그래?"

"사는 김에 차표까지 사도 화내지 마세요."

"이런."

아버지가 멋쩍게 웃어 보였다.

가오루가 내게 속삭였다.

"가즈히코가 늦네. 잠깐 현관 입구에서 보고 올게."

걸어가는 뒷모습을 보니, 아직도 오른쪽 다리를 살짝 만지면서 가고 있다. 걸어가면서 늘어뜨린 땋은 머리를 어깨 뒤로 넘긴다. 가오루의 저런 동작을 보는 것도 오늘이 마지막이라는 생각에 또다시 감상에 젖어 있는 내 귓가에 아버지와 아저씨의 대화가 들려왔다.

"참, 어제 하던 얘길 이어서 해줘."

"아, 어디까지 얘기했죠?"

"도쿄 술집에 있던 그녀를 고시바 회장님과 만나게 했다는 것까지."

"아, 그랬죠. 그래서 그 사람이 술집 일을 그만두고 싶어 한다는 걸 알고 회장님이, 그러면 오사카에 와서 우리 백화점에서 일해보지 않겠냐고 하신 거예요."

"응, 그래서?"

"그런데 그 일은 자신에게 안 맞을 것 같으니 다른 일을 해보고 싶다고 하더라고요."

"다른 일?"

"회장님도 그렇게 되물으셨어요. 뭐라고 대답하나 했더니, 전차 차장을 해보고 싶다고 하더군요."

"뭐? 버스 차장이 아니고?"

"네, 전차요. 당시 중일전쟁의 영향으로 직원들이 연달아 군대에 끌려가는 바람에 호큐에서는 그 빈자리를 메꾸기 위해 여성 차장을 채용하기 시작했거든요. 아무래도 그 얘기를 들었나 봅니다."

"그랬군."

"회장님도 좋다고 승낙하셔서 곧장 오사카로 옮겨와서 훈련을 받고 차장이 된 겁니다. 그러다 얼마 안 있어 미국과도 전쟁이 시작됐잖아요. 남자가 점점 줄어드니까 회사에서는 여성 차장 중에서 우수한 사람을 뽑아 기관사 훈련을 받게 했어요. 그 사람도 그중 한 사람으로 뽑혀서 종전되던 해까지 기관사로 일했습니다."

놓고 온 물건을 가지러 집에 갔던 가즈히코가 숨을 헐떡이며 돌아오는 바람에 아저씨와 아버지의 대화는 거기서 끊어졌다. 가즈히코가 내 선물로 가져온 것은 나무로 만든 알이었다. 달걀보다 조금 큰 알 모양의 나무 조각. 그걸 내 손에 건네며 말했다.

"한가운데가 둘로 나뉘는 거야. 위아래를 잡고 옆으로 세게 비틀어봐."

가즈히코가 이런 식으로 하라며 동작을 보여준다.

"깜짝 상자야? 안에서 뭔가 튀어나오는 건가?"

나는 조심스럽게 나무 알을 비틀었다.

가오루도 옆에서 조마조마하게 쳐다본다. 절반 정도 돌리니 둘로 갈라졌다. 속이 밥그릇처럼 움푹 패여 있었다. 하지만 아무것도 튀어나오진 않았다. 다만 흰 모래

알갱이가 한 줌 들어 있을 뿐이다.

"우리 집 마당의 모래야."

가즈히코가 말했다.

"롯코는 화강암 산이라서 모래가 희고 고와."

"응……."

"알은 엄마가 주는 선물, 속에 든 모래는 내가 주는 선물이야."

"너무하네."

가오루가 나를 대신해서 한마디했다.

"알은 손이 많이 갔을 것 같지만 뭐니, 그 모래는."

"이 모래는 롯코산의 일부라고."

가즈히코가 반박한다.

"롯코산 전부를 이 안에 담을 수는 없으니까 이 모래로 대신한 거야. 이걸 보고 롯코산에서의 추억을 떠올리라고."

"그래도 이상해."

그러나 난 가즈히코가 하는 말도 이해가 됐다. 어설프긴 하지만, 나에겐 이것도 좋은 선물인 것 같았다.

"고마워."

일단 인사를 하고, 매표소에서 돌아온 아주머니에게도 감사 인사를 했다.

이제 곧 출발할 시간이다. 다른 승객들이 승강장 입구로 들어간다. 아버지와 아저씨, 아주머니도 들어갔다. 그런데 가오루가 뒤로 한 걸음 물러서더니 그녀답지 않게 힘없는 눈빛으로 내게 말했다.

"나, 케이블카가 출발하면 울 것 같아. 삼촌 장례식에서도 안 울었는데 지금은 울어버릴 것 같아. 사람들 많은 데서 우는 건 창피하니까, 난 여기서 배웅할게. 괜찮지?"

"응…… 당연히 괜찮지. 그럼 여기서 인사하자. 안녕."

나는 손을 흔들고, 가즈히코와 함께 승강장으로 향했다. 케이블카가 출발하는 걸 봐주지 않는 건 서운했지만, 가오루의 눈물을 보면 나도 아직은 돌아가기 싫다고 아버지에게 떼를 쓸 것 같아 차라리 이게 낫다고 스스로를 타일렀다.

승강장 입구 문을 열기 직전, 돌아서서 그녀가 준 그림을 들어 보이자 가오루는 손으로 쌍안경을 만들어 이쪽을 보고 있었다. 혹시 벌써 눈물이 나와 그걸 감추려는 행동이 아닐까.

케이블카 승강장은 전체가 계단형으로 돼 있었다. 소학교 저학년쯤으로 보이는 남자아이 둘이 어른들을 밀면서 앞다퉈 내려왔다. 그중 한 아이가 가즈히코 아주머니 뒤에서 부딪혔다. 그 바람에 아주머니가 발을 헛디뎌 넘어지면서 계단 두세 개를 구르고 말았다.

그때…… 아주머니의 다리가 뚝 부러졌다.

정말이지, 순간 나는 그런 줄 알았다. 그러나 그게 아니었다. 의족이 벗겨진 것이었다. 아주머니의 오른쪽 다리에는 나무 의족이 끼워져 있던 모양이었다. 아사기 아저씨가 부랴부랴 아주머니를 부축해 계단에 앉혔다. 그리고 아주머니의 바지를 걷어 올리고, 빠진 의족을 원래대로 단단히 고정하는 것을 거들었다.

아버지도 나도, 가만히 서서 그 모습을 지켜보았다. 의족을 다시 채운 아주머니가 고개를 들고, 괜찮아요, 하는 눈빛을 우리에게 보냈다. 그 의연한 얼굴을 본 순간, 나는 퍼뜩 깨달았다. 아주머니가 롯코의 여왕에게도 뒤지지 않을 정도의 미인이라는 사실을. 나는 지금까지 그 얼굴을 똑바로 마주한 적이 없었다. 당시의 나는 너무 예쁜 여자와 눈이 마주치면 긴장한 탓에 얼굴이 벌겋게 달아올라, 될 수 있으면 정면으로 얼굴을 마주하지 않으려 할 정도로 숫기가 없었다.

하지만 갑작스러운 넘어짐과 의족. 그 광경을 직접 봐서 놀라고 걱정스러운 마음에 이때만큼은 아주머니에게서 시선을 떼지 못했다. 그러다가 고개를 든 아주머니와 정면으로 눈이 마주쳤다. 그리고 비로소 생각이 났다.

언젠가 히토미 고모의 앨범에서 본 사진.

기관사 제복을 입은, 미모의 인물. 그건 바로 이 사람이다. 가즈히코의 어머니. 아주머니를 조금 젊게 되돌리면 그 사진 속 얼굴이 된다.

아주머니와 히토미 고모가 과거에 아는 사이였나…….그리고 아까 아버지와 아저씨가 나눈 대화. 대체 누굴 얘기하는 걸까 궁금해하며 듣고 있었는데, 그래, 그것도 아주머니 얘기였구나.

아사기 아저씨의 손을 잡고 천천히 조심스럽게 일어나는 아주머니. 그 모습을 지켜보는 나에게 가즈히코가 작은 목소리로 말했다.

"공습 때 사고를 당했거든. 수술로 무릎 아래를 절단했어. 그래도 무릎 관절은 남아 있어서 조금은 뜰 수도 있어. 심한 운동이나 오래 걷는 건 무리지만."

아주머니가 늘 헐렁한 바지만 입는 이유를 그제야 알았다. 신사이바시나 도톤보리, 그리고 덴구즈카까지의 하이킹, 그 모든 외출에 아주머니가 동행하지 않았던 이유도.

가즈히코가 말을 이었다.

"재혼하기 전에 아버지가 나한테 소개했을 때, 난 아직 여덟 살이었거든. 처음에 의족을 봤을 땐 얼마나 놀랐는지."

"재혼?"

"응, 날 낳아준 엄마는 공습 때 돌아가셨어. 전쟁 끝나고 얼마 있다가 지금의 엄마랑 재혼한 거야."

"그랬구나."

"아버지가 롯코에 별장을 마련한 건, 여름이면 의족의 소켓 안에 자꾸 땀이 차서 고생하는 엄마가 조금이나마 시원하게 여름을 보낼 수 있게 해주려고 그런 거야. 절단된 다리와 의족을 연결하는 부분이 소켓이야."

아주머니는 아저씨의 손을 잡고 다시 계단을 내려간다.

"엄마가 워낙 손재주가 좋아서 의족 수리나 교정 같은 걸 직접 해. 그러다 어느 날 문득 나무로 전차 모형을 만들어봤대. 그걸 고시바 회장님한테 선물했더니 너무 잘 만들었다며 마음에 들어 하셔서, 이런 나무 장난감을 만들어서 호큐 백화점에 납품하라고 하신 거야. 처음엔 엄마가 그렇게 많은 개수는 못 만든다고 했는데, 그러면 간단한 거라도 괜찮으니까 일단 만들어보라고 하셨대."

"그게 지금 하시는 일이 된 거구나."

충분히 납득이 가 고개를 끄덕이던 나는 한 가지 아쉬운 일이 생각났다.

닷새 전, 그 폭우가 있던 밤이었다. 그때 난 라디오드라마 〈그대의 이름은〉에 멍하니 귀를 기울이며 앉아 있었다. '마치코'라는 여주인공 이름이 아주머니 이름과 똑같네, 하는 실없는 생각을 하기도 하고 낮에 가오루와 둘이서 한 얘기를 곱씹기도 하면서.

그러다 문득 정신을 차려보니 아주머니가 현관에서 비옷을 벗고 있었다. 나는 그 모습을 보고 아주머니가 진입로 청소를 하고 왔을 거라 생각했다. 전에 가즈히코와 같이 했던 그 작업 말이다.

'아버지를 위해서야'라고 가즈히코가 말한 게 떠올랐다. '아버지가 시내에서 케이블카를 타고 돌아오셨을 때 이 물웅덩이를 걷지 않도록.'

원래 아주머니가 혼자서 하는 일이라 했기 때문에 난 비옷을 벗는 아주머니를 봐도 아무 생각이 안 들었는데, 의족에 대해 알게 된 지금, 그 폭우 속에서 아주머니가 하기에 얼마나 힘든 작업이었을까, 하고 생각하니 나의 무신경함이 후회스러웠다.

아저씨와 함께 케이블카에 오른 우리 부자는 배웅하는 가즈히코와 아주머니에게 손을 흔들며 가파른 비탈길을 내려갔다.

구라사와 기요지를 살해한 범인은 끝내 밝혀지지 않았다.

가오루는 내게 말한 대로, 중학교를 졸업하고 오사카의 섬유 공장에 취직해서 야간 고등학교에 다니다가 야간 대학까지 졸업했다. 그리고 스물네 살 때 가즈히코와 결혼했다.

그해 여름에 롯코산에서 만났던 사람들은 이제 우리 셋을 제외하고는 모두 돌아가셨다. 호리병 연못에는 철책이 쳐져 가까이 갈 수 없게 됐고, 가르벤 연못은 물이 다 말라 잡초로 뒤덮이고 말았다. 그러나 가즈히코와 가오루는 노년을 맞이한 지금도 그 비탈진 곳에 있는 '오두막집'에서 매년 여름을 보내는 모양이다.

언제였던가, 그런 그들을 오랜만에 찾아갔더니 책장 한구석에 아직도 그 사진이 장식돼 있었다. 히토미 고모가 찍어준 우리 세 사람의 사진. 미소 짓는 가오루를 가운데 두고 한 손을 허리에 얹고 거드름을 피우는 포즈의 가즈히코와 턱을 너무 당기는 바람에 눈이 살짝 치켜올라 간 나.

그리고 그 사진 옆에 놓인 몇 가지 목재 완구는 물론 아주머니의 작품이다.

속을 확률 100%의 어떤 이야기

*반전과 복선, 트릭에 관한 세세한 설명이 포함되어 있으니
 반드시 작품을 다 읽은 후에 읽기 바랍니다.
*내용 중 일부에는 편집부의 의견이 반영되었음을 밝힙니다.

이 책의 번역을 위해 출판사에서 보내준 작업용 원서에는 "속을 확률 100%"라는 글자가 큼직하게 새겨진 붉은색 띠지가 둘러 있었다. 그 카피를 처음 봤을 때는 솔직히 과장이 좀 심한 거 아닌가 생각했다. 확신에 찬 표현을 잘 쓰지 않는 평소 내 언어 습관의 영향도 있겠지만, 당연히 마케팅을 위해 어느 정도 부풀려진 말이라 여겼기 때문이다. 99.9도 아닌 순도 100%를 어떻게 장담한다는 말인가. 그러나 한편으로는 이 이야기를 한국 독자에게 전달하려는 사람으로서 정말로 그만한 요소가 책 속에 숨어 있기를 바라는 간절함도 컸다. 그렇게 반신반의하는 마음으로 번역을 시작했고, 마지막 책장을 덮을 때는 나 역시 100% 확률의 예외가 아니었음을 순순히 인정할 수밖에 없었다.

다채롭게 설계된 인물과 관계도

이야기는 1952년 여름의 롯코산을 배경으로 한 열네 살 동갑내기들의 만남에서 시작한다. 두 소년과 한 소녀 사이에 미묘하게 오가는 풋풋하고 싱그러운 사랑 이야기가 소설의 중심 스토리인데, 차례에서도 알 수 있듯이 그들의 에피소드 사이사이에는 아이다 마치코와 구라사와 히토미라는 여성을 중심으로 한 또 다른 이야기들이 곁가지처럼 뻗어 있다. 과거 시점의 배경과 인물이 교차하는 까닭에 이야기 전개가 처음에는 다소 복잡하게 느껴질 수 있으나, 호큐전철의 창립자 고시바 이치조 회장의 신임이 두터운 두 부하직원과 그 아들들이라는 2대에 걸친 이야기라 생각하면 조금 단순해진다.

좀 더 선명한 이해를 돕기 위해 연도별 등장인물과 그들의 나이를 정리해 보면 다음과 같다.

1952년 롯코산

데라모토 스스무(14세)

아사기 가즈히코(14세)

구라사와 가오루(14세)

아사기 겐타로(47세)

아사기 마치코(37세)

롯코의 여왕(37세)

고시바 이치조(79세)

구라사와 히토미(28세)

구라사와 기요지(32세)

1935년 베를린

아사기 겐타로(30세)

데라모토(32세)

고시바 이치조(62세)

아이다 마치코(20세)

1940년~1945년 오사카

차장(25~30세)

구라사와 히토미(16~21세)

구라사와 기쿠오(30~35세)

'1952년 롯코산'에서 화자는 데라모토 스스무다. 구라사와 가오루와 아사기 가즈히코와는 열네 살 동갑내기 친구. 그 외 등장인물로 가즈히코의 부모인 아사기 겐타로와 아사기 마치코, 롯코의 여왕, 고시바 이치조, 구라사와 히토미, 구라사와 기요지가 있다. '1935년 베를린'을 배경으로 한 부분에서 화자는 아사기 겐타로이며, 데라모토, 고시바 이치조, 아이다 마치코가 등장한다. '1940년부터 1945년까지 오사카' 내용은 호큐 전차 차장의 시점으로 사건이 전개되는데 구라사와 히토미와 구라사와 기쿠오가 주요 인물로 등장한다.

이 중에서 유일하게 고시바 이치조 회장이 실제 인물을 모델로 삼은 캐릭터라는 점이 흥미로운데, 그 모델이 된 인물은 오사카를 중심으로 하는 한큐전철의 창업자 고바야시 이치조다. 고바야시 이치조는 미혼 여성으로만 구성된 가극단 '다카라즈카'를 창립한 인물이기도 하다. 실제 인물을 바탕으로 설정된 등장인물은 이야기에 생동감을 불어넣어 인물과 소재를 훨씬 매력적으로 느끼게 한다.

데라모토와 아사기 겐타로는 스스무와 가즈히코의 아버지로, 각각 호큐전철과 도쿄전력에 근무하면서 이치조 회장의 해외 시찰 여행을 계기로 인연을 맺은 후, 서로의 집에 아들을 놀러 보낼 정도로 깊은 신뢰와 친분을 오랫동안 유지한다. 가오루의 고모인 구라사와 히토미는 1940~1945년 파트에서, 집안에서 반대하는 연애를 하는 대범한 순정파 여고생으로 등장하며 1952년에는 데릴사위로 들어온 남자와 결혼해 롯코산의 가장 호화로운 별장에서 생활하는 인물이다.

이야기가 전개될수록 독자로서는 몇몇 인물에 물음표가 띄워질 것이다. '베를린에서 만난 아이다 마치코', '세간의 관심을 받는 롯코의 여왕', 그리고 '히토미 고모가 사랑한 호큐전철의 차장'은 과연 누구인가? 이에 관한 정보가 1952년 시점에는 전혀 언급되지 않기 때문에 독자들은 다양한 짐작으로 그 호기심의 구멍을 매워갈 것이다. 아마도 대개는 아이다 마치코를 롯코의 여왕으로, 호큐전철 차장을 히토미 고모의 현재 남편으로 추측하지 않을까 싶다. 줄거리를 바탕 삼아 알고 있는 정보와 익숙한 사고의 흐름으로 미지의 인물을 결정지어 버리는 것이다. 그리고 그것이 바로 저자가 원하는 노림수다.

당신의 고정관념이 당신을 속인다

아이들이 등장하는 중심축 이야기가 전후戰後 배경의 성장 소설처럼 아름답고 서정적으로 전개되는 데 비해, 어른들의 이야기는 제2차 세계 대전이라는 불안한 시대를 배경으로 복잡한 인물관계가 암시되며 미스터리 소설의 정교한 트릭을 조성하는 역할을 한다. 이러한 소설의 구성은 마치 순수문학(성장소설)과 장르문학(추리소설)을 절묘하게 융합한 것처럼 보이기도 하는데, 그것은 작가의 탄탄한 구성력과 필력이 있기에 가능한 시도였다고 생각한다. 특히 필력이 뒷받침되지 않았다면 이야기가 다소 싱겁거나 허무하게 끝날 수도 있었을 만큼『흑백합』에서의 서술 방식은 매우 중요한 역할을 한다. 그것이 결정적인 트릭과 관련 있기 때문이다.

추리소설에는 다양한 속임수가 존재한다. 그중에서도 작가가 의도적으로 편향된 서술을 하여 독자가 자연스레 정보를 오인하도록 하는 것을 서술 트릭이라고 한다. 추리소설 속 범인이 경찰이나 탐정 같은 작품 속 인물을 속이는 일반적인 트릭과 달리 서술 트릭은 말 그대로 문장 그 자체의 서술 기법으로 독자를 속이는 방식이다. 즉 작가가 작품 밖에 있는 독자에게 직접 쓰는 속임수다. 나 역시 고정관념으로 작가의 서술을 아무 의심 없이 받아들였기에 보기 좋게 속아 넘어가고 말았다.

이 작품 역시 독자가 꼼짝없이 당할 만한 치밀한 트릭을 곳곳에 심어놓았다. 앞서 말한 주요 포인트 중 하나인 '호큐전철의 차장은 누구인가?'를 생각해 보자. 대부분의 독자는 아마도 마지막 책장을 덮는 순간에야 그 인물이 바로 베를린에서 등장한 아이다 마치코였음을 알게 될 것이다. 결말에 이르기 전까지 작가는 독자들이 히토미의 남편 신야를 호큐전철의 차장으로 추측하도록 유도한다. 이렇게 착각하게 되는 이유는 가오루네 별장에서 스스무가 창문 너머로 처음 신야를 봤을 때 그가 오른쪽 다리를 가볍게 끄는 걸음걸이를 하고 있었기 때문이다. 차장의 시점으로 전개된 부분에서 차장은 마지막에 오른쪽 다리를 다쳤고 히토미와 교제한 경위도 있기에 '신야＝차장'이라는 추리가 자연스러워지는 것이다. 이에 더해 '차장은 당연히 남자일 것'이라는 고정관념을 작가는 서술 트릭에 영리하게 활용한다. 애초에 차장을 여자로 짐작하게 하는 여지는 전혀 주지 않지만 그렇다고 해서 남자라고 단정 짓는 표현도 찾아볼 수 없다. 물론 차장이 히토미와 교제하면서도 다른 여성을 만나는 점이나 스스무가 히토미의 옛날 사진 속 제복 차림의 차장을 가리켜 잘생긴 청년이라고 표현한 점 등은 그를 남자라고 생각하게 만들기 충분할지 모른다. 그러나 그 모든 것은 교묘한 속임수일 뿐이다. 작가는 책의 마지막에서 아사기와 데라모토가 나누는 대화를 통해 그녀가 베를린에서 돌아온 이후 이치조 회장의 도움으로 차장이 되었다는 사실을 언급한다. 그녀는 가즈히코의 엄마 아사기 마치코로 작품의 시작부터 등장한 인물이다. 아사기 겐타로와 마치코가 결혼한 것은 1952년으로부터 6년 전. 그때 마치코는 가즈히코의 새엄마가 된 것이다. 그리고 그녀의 다리가 의족이었다는 사실이 마지막에 밝혀지면서 결국 '아이다 마치코＝차장＝아사기 마치코'임이 드러난다.

히토미의 오빠 구라사와 기쿠오는 마치코와 매우 관계가 깊은 인물이다. 마치코가 차장이 된 후 롯코역에서 그와 재회했을 때는 과거의 인연을 전혀 내색하지 않기에 독자의 눈에는 그들이 처음 만난 사이라 여길 수밖에 없다. 그러나 '흑백합 오센'이었던 아이다 마치코(오센あ千의 千는 마치코真千子에서 따온 것이다)는 과거에 기쿠오에게 버림 받은 상처가 있었고, 따라서 "여동생을 어떻게 할 거냐", "무슨 목적이냐"라는 기쿠오의 말은 단순히 여동생에 대한 염려 이상의 뜻이 숨어 있다. 기쿠오는 마치코가 자신에게 버림 받은 것에 대한 복수로 자신의 여동생을 농락했다고 여긴 것이다.

촘촘히 깔렸다가 말끔히 회수되는 복선들

결말로 가면서 마침내 아이다 마치코의 정체를 전부 알게 되었을 때는 어안이 벙벙했다. 아마 독자 여러분도 그럴 것이라 예상한다. 허를 찔린 기분으로 다시 책장을 앞으로 넘길 수밖에 없었다. 그리고 미처 눈치채지 못한 여러 가지 복선을 되짚어 가며 번역한 내용을 다시 확인해야 했다.

소설 첫머리에서 가즈히코의 엄마인 아사기 마치코가 등장할 때부터 복선은 촘촘히 깔려 있었다. 그녀는 헐렁한 남자 바지를 입고 있었는데, 그것은 기쿠오가 쏜 총에 맞아 오른쪽 다리를 잃는 바람에 의족을 쓰게 된 것을 가리기 위함이었다. 그녀가 목재 완구를 만드는 점도 알고 보면 의미심장하다. 나무를 조각하는 일에 능하다는 것은 나무로 된 의족을 본인이 직접 관리하고 있음을 시사하는 것이다. 또한 히토미가 매일 듣는 라디오드라마 〈그대의 이름은〉의 여주인공 이름이 마치코라는 사실은 히토미가 여전히 아이다 마치코를 잊지 못했다는 것을 암시한다고 볼 수도 있다. 히토미가 여학생 시절에 마치코와 사귀었던 것은 그저 그 시기에 앓고 지나가는 열병과 같은 감정에서 비롯된 일이 아니라 오빠의 강압으로 결혼을 하고 나서도 잊지 못할 만큼 진심으로 사랑했다는 것을 조심스레 짐작할 수 있지 않을까. 무엇보다 이 책의 제목인 『흑백합』의 '백합'은 일본에서 여성 간 동성애를 상징하는 장르적 표현이기도 하므로 제목부터 심상치 않은 셈이다.

한편 작가는 '롯코의 여왕'이라는 개성 있는 인물을 등장시키는데 알고 보면 그녀는 이 모든 트릭과 아무런 관련이 없다. 롯코의 여왕은 이야기 흐름상 그녀를 아이다 마치코로 착각하도록 만들기 위해 등장하는 인물일 뿐 실제 이름은 언급되지 않는다.

끝부분에서 아사기와 데라모토가 '베를린의 그녀'에 대해 대화하는 장면에서도 "그녀를 보고 깜짝 놀랐다"라는 말은 얼핏 마치코와 유사한 분위기인 롯코의 여왕을 떠올리게 하지만, 대화 속 그 인물은 아사기 겐타로의 아내이자 가즈히코의 새엄마, 즉 아이다 마치코를 가리킨다. 술집에서 일을 도와주는 게 적성에 맞지 않았다는 대목은 이후에 그녀가 전차 차장이 되었다는 점과 연결된다. 롯코의 여왕이 셰퍼드를 산책시키는 초반 장면을 대수롭게 지나치지 않았다면 그녀의 다리가 의족이 아니었고, 그러므로 그녀가 아이다 마치코가 아니라는 점을 알 수 있다. 이렇듯 사건의 전모를 알게 된 후 치밀한 캐릭터 설정을 둘러싼 복선들을 곱씹어 보면 작가의 탁월함에 감탄하게 되고 이야기가 훨씬 더 풍성하게 느껴진다.

혼신을 기울여 쓴 마지막 작품

다지마 도시유키는 오사카 출신으로 1982년에 『당신은 불굴의 도장 도둑』으로 제39회 소설현대신인상을 받아 데뷔한 이래로 수많은 소설을 발표하며 미스터리 소설가로서의 입지를 다졌다. 본명은 스즈타 케이. 다양한 소재를 선보이며 폭넓은 작풍으로 유명한 그의 작품은 나오키상과 요시카와 에이지상 등 유수의 문학상 후보에 수차례 올랐으나 아쉽게도 수상으로 이어지지는 않았다.

그런데 그보다 안타까운 사실은 교토에 머물던 그가 2009년 12월에 자신의 실종을 예고하고 자취를 감춘 이후로 현재까지 그 행방을 알 수 없다는 것이다.

1989년에 오른쪽 눈이 실명됐던 작가는 실종되기 약 한 달 전쯤부터 왼쪽 눈의 시력에도 심각한 문제가 생겼다는 것을 알고 양쪽 모두 실명되어 다른 사람에게 폐를 끼치고 싶지 않다는 편지를 가족에게 남긴 채 사라졌다. 친구와 편집자에게는 절필을 선언하고 사회생활을 종료하겠다는 내용의 편지를 보냈다고 한다. 당연히 매스컴에서도 그의 실종을 관심 있게 다루었는데, 현재까지도 별다른 소식이 전해지지 않고 있는 듯하다. 그는 과연 어디로 가버린 걸까. 안타깝고 아쉬운 마음이 드는 한편, 자신의 삶마저도 마치 한 편의 미스터리처럼 끝맺은 것에 또 한 번 혀를 내두르게 된다. 그가 현재 어느 곳에 있든 부디 그곳에서는 안녕하기를 바라는 마음이다.

2008년 가을에 출간(한국에서는 2010년 출간)된 『흑백합』은 그런 다지마 도시유키의 마지막 소설이다. 일본

미스터리 팬들에게 꾸준히 회자되며 호평이 이어지던 이 작품은 일본에서도 2015년에 문고본으로 재출간될 정도로 재미와 문학성, 완성도 등 모든 면에서 후한 점수를 받을 만한 걸작이다. 10여 년 만에 국내에서도 재출간되는 것을 기쁘게 생각하며 그의 이야기가 다시 한번 한국 독자들에게도 놀라움과 즐거움을 선사해 줄 것이라 믿는다.

2022년 9월

김영주

흑백합

초판 1쇄 인쇄 2022년 9월 7일
초판 1쇄 발행 2022년 9월 20일

지은이 다지마 도시유키
옮긴이 김영주

편집인 이기웅
책임편집 주소림
편집 안희주, 김혜영, 한의진, 양수인, 오윤나, 이현지
디자인 채홍디자인
책임마케팅 정재훈, 김서연, 김예진, 박시온, 김지원, 류지현, 김찬빈, 김소희, 이주하
마케팅 유인철
경영지원 김희애, 박혜정, 박하은, 최성민
제작 제이오

펴낸이 유귀선
펴낸곳 ㈜바이포엠 스튜디오
출판등록 제2020-000145호(2020년 6월 10일)
주소 서울시 강남구 테헤란로 332, 에이치제이타워 20층
이메일 odr@studioodr.com

ⓒ 다지마 도시유키

979-11-92579-06-1 (03830)

모모는 ㈜바이포엠 스튜디오의 출판브랜드입니다.